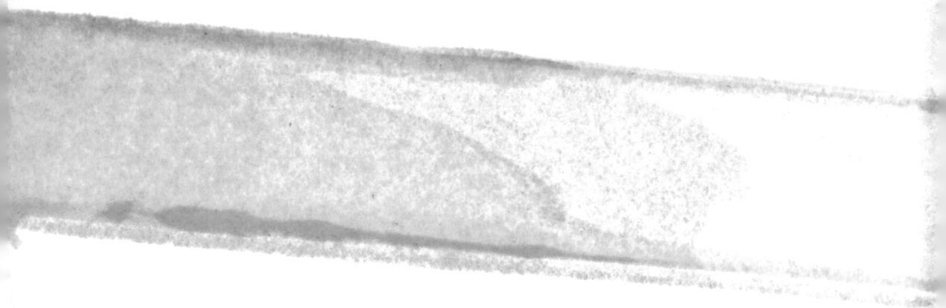

Linda Herrmann wurde 1996 in Aschaffenburg geboren und wuchs dort auf, bis sie 2015 für ihr Modedesignstudium nach Berlin zog. Seit 2020 studiert sie dort Bildende Kunst auf Lehramt an der Universität der Künste und arbeitet neben dem Studium in der ambulanten Alten- und Krankenpflege. Erfahrungen aus dieser Tätigkeit und ihre Affinität zum Textilen fließen immer wieder in ihre künstlerischen Werke ein, die 2023 in verschiedenen Gruppenausstellungen gezeigt wurden. Mit *In Arbeit* legt sie ihre erste eigenständige literarische Publikation vor.

Linda Herrmann
In Arbeit

Erzählungen einer ungelernten Pflegekraft

re:sonar verlag

Bibliografische Information der Deutschen Nationalbibliothek
Die Deutsche Nationalbibliothek verzeichnet diese Publikation in der Deutschen Nationalbibliografie; detaillierte bibliografische Daten sind im Internet über https://portal.dnb.de abrufbar.

Erste Auflage 2024
re:sonar verlag
www.resonarverlag.de
Instagram: @resonar_verlag
Umschlagabbildung: Linda Herrmann, *Frau Ilse* (2023), Berlin
Satz und Umschlaggestaltung im Verlag, Carl Philipp Roth
Druck und Bindung: Sowa, Piaseczno

Printed in Europe

ISBN 978-3-949048-37-1

In Arbeit

Für meine Eltern,
meinen Bruder Andi und meine Cousine Michaela,
die in den letzten Jahren so viel unbezahlte Pflegearbeit
geleistet haben.

Vorwort

Ich arbeite seit Mai 2020 als ungelernte Pflegekraft in einem ambulanten Pflegedienst. Drei Tage lang wurde ich angelernt, bevor ich allein auf meine Touren geschickt wurde. Nach einem halben Jahr habe ich selbst angefangen, neue Kolleg*innen einzuarbeiten, ihnen mein provisorisches Wissen weiterzugeben. Die kürzesten Einsätze dauern 15 Minuten, die längsten bis zu zweieinhalb Stunden, pro Schicht besuche ich zwischen drei und neun Menschen.

In meiner Arbeit geht es mir allein um die Menschen, in meinen Erzählungen vor allem um die Arbeit an sich. Sie sind mein Versuch, die Leser*innen durch meine Augen schauen zu lassen und einen Einblick in die Tätigkeit einer ungelernten Pflegekraft zu geben, in die Konfrontation mit universellen und existentiellen Themen. Ich verfolge das Ziel, ein realistisches Bild der Pflegearbeit zu zeichnen und verantwortungsvoll mit den Geschichten, die ich erfahre, umzugehen.

Daher sind die Figuren der nachstehenden Texte nicht identisch mit lebenden oder toten Personen. Reale Vorbilder und Lebenssituationen dienten mir als Grundlage, auf der die fiktionalen Erzählungen aufbauen. Zur Identifizierung relevante Details wurden verfremdet und verändert, allerdings nie übertrieben oder zugespitzt.

Und trotzdem sind die hier geschilderten Lebensumstände selbst von Relevanz: Ich erzähle von alltäglichen Schicksalen, statt von extremen Einzelfällen, zu denen man sich in falscher Sicherheit wiegend Distanz aufbauen könnte. Es geht mir um Geschichten, die jeden Menschen betreffen können.

Alle Erzählungen ergaben sich aus der Begegnung mit Menschen und der Zeit, die ich mit ihnen verbracht habe. Bei der Pflegearbeit begegnen sich mindestens zwei Parteien, eine davon bin immer ich. In diesem Buch teile ich nun meine Seite der Begegnungen mit, denn diese Seite ist meine Geschichte.

Berlin, Februar 2024

Frau F.

Es ist Sonntagmorgen, 8:20, ich schließe die Wohnungstür von Frau F. auf. Sie ist heute die erste Patientin auf meiner Tour. Sie bewohnt eine kleine Einzimmerwohnung, hinter dem schmalen Flur befindet sich der einzige Raum, der Schlaf-, Ess- und Wohnzimmer zugleich ist. Von ihrer großen Wohnung in Schöneberg musste sie sich trennen, als die Reinigung ihr zu anstrengend wurde, aber ihre Selbstständigkeit ist ihr immer noch wichtig, deswegen kam ein Seniorenwohnheim nicht infrage. Diese Wohnung war ihr Kompromiss, ihr Sohn wohnt im Nachbarhaus und besucht sie regelmäßig, befüllt den Kühlschrank und hält die Wohnung sauber.

Ich klopfe an die Zwischentür, öffne und schaue zu ihrem Bett. Sie schreckt auf, ich habe sie offensichtlich geweckt. Ich begrüße sie und entschuldige mich. Das passiert manchmal, meistens ist sie aber schon wach, einmal war sie sogar schon im Bad. Ich ziehe meine

Jacke im Flur aus, binde meine Haare zusammen, starte den Einsatz in der Dienst-App auf meinem Handy und stecke Einmalhandschuhe in meine Hosentasche. Ich lasse mir etwas Zeit, damit sie noch einen Moment zum Wachwerden hat.

Ich gehe wieder in ihr Zimmer, sie hat sich im Bett aufgesetzt und zieht ihr Nachthemd aus. Einmal meckerte sie mit mir, als ich sie fragte, wie es ihr ginge, wie solle es ihr schon gehen? – seitdem frage ich nicht mehr und habe mir stattdessen Alternativen überlegt: »Haben Sie gut geschlafen?« – »Na, sind Sie schon lange wach?« – etwas sagen, um den Moment zu überbrücken, um die Tatsache, dass ich selbst ihre Wohnung aufschließe, während sie noch im Bett liegt, weniger invasiv erscheinen zu lassen.

Heute sagt sie mir selbst, wie es ihr geht, schlecht leider, weil ihr ein abgebrochener Zahn Schmerzen bereite. Ich erinnere mich, dass ich von ihren Zahnschmerzen in dem Übergabedokument eines Kollegen gelesen habe. Sie habe nur noch *Ruinen* im Mund, wie sie sagt, obwohl sie früher so stolz auf ihre Zähne gewesen sei und selten Probleme gehabt habe. Ich nehme den Eimer aus dem Toilettenstuhl heraus und leere den Inhalt der Nacht im Bad aus, komme zurück, sie streckt mir schon ihren Notfallknopf entgegen, ich lege ihn auf ihren Esstisch und schiebe auf dem Rückweg den Rollstuhl zu ihrem Bett. Unsere Performance ist gut eingeübt, wir verstehen uns ohne Worte, der Ablauf ist jeden Morgen gleich. Sie drückt sich von der Bettkante hoch, dreht sich um und lässt sich in den Rollstuhl fallen. Für kurze Zeit, wenn sie sich festhält, kann sie noch stehen, aber zum Laufen sind ihre Knie zu schwach.

Ich fahre sie ins Bad, heute ist sie ungewöhnlich gesprächig. Sie redet sehr langsam, Wort für Wort, und es dauert lange, bis sie mir erklärt hat, wie der Zahn abgebrochen ist. Im Bad hievt sie sich auf die Toilette, als sie sicher sitzt und fertig gesprochen hat, lasse ich sie allein und bereite ihr Frühstück vor. Heute gibt es kein Graubrot mit Frischkäse, sondern Joghurt und eine Banane, wegen des Zahnes. Ich koche Wasser, fülle es in die Thermoskanne für den löslichen Kaffee, stelle Kaffeesahne, Untertasse, Tasse und Teller auf das kleine Wägelchen, lege Löffel und Messer dazu und schiebe dann alles zum Tisch. Ich spüle das Geschirr von gestern, lege die Medikamentenbox für Sonntag und ihr Telefon auf den Frühstückstisch, schüttele ihr Bett auf und warte bis sie »Sie können kommen!« ruft. Ich gehe ins Bad und reiche ihr die Zahnbürste. Nachdem sie um den schmerzenden Zahn herum die wenigen verbliebenen vorsichtig geputzt hat, erzählt sie, dass sie es ja gewohnt sei, nachts mehrmals wachzuwerden beziehungsweise aufzustehen, von den Bombennächten. Ich weiß, dass sie in Dresden aufgewachsen ist. Sie gibt mir den Waschlappen, ich halte ihn noch einmal unter eiskaltes Wasser und fange an, damit ihren Rücken zu waschen. Sie braucht das zum Wachwerden und genießt es jedes Mal. »Warum denn eiskalt?«, hatte ich sie einmal gefragt und sie sagte, dass es sie an ihren Vater erinnere. Und so stelle ich sie mir immer wieder als kleines Mädchen vor, dessen Vater ihm den Rücken wäscht. Ich creme ihr noch den Rücken ein und reiche ihr einen kleinen Schluck Mundspülung, dann sind wir fertig im Bad und startklar. Ich löse die Bremsen und fahre sie in ihr Zimmer.

Sie kommt noch einmal auf die Bombennächte zurück und sagt: »Damals ging in Dresden die Sonne nicht auf.« Außer ihren sächsischen Dialekt hat sie nach dem Krieg nichts mitgenommen nach Berlin; er blieb, während sie alles andere neu aufbaute. Am Radio machen wir einen kurzen Stopp, sie drückt zwei Knöpfe und klassische Musik erklingt. Mich interessieren ihre Geschichten, aber sie ist kein Mensch, der ohne Anlass viel erzählt. Vielleicht war sie schon immer etwas wortkarg, vielleicht wägt sie mittlerweile auch ab, welches Wort es wert ist, die Anstrengung des Aussprechens auf sich zu nehmen. Ich erzähle stattdessen von meinen Großeltern, die genau derselbe Jahrgang sind wie sie, 1927. Mein Opa wurde als junger Mann sehr spät noch eingezogen und geriet schnell in Kriegsgefangenschaft. Aus den Erzählungen meiner Großeltern weiß ich, dass das Aufwachsen im nationalsozialistischen Deutschland und der Krieg ihr ganzes Leben geprägt haben. Viele Geschichten von damals wurden erzählt und mindestens genauso viele verschwiegen. Und so weiß ich auch heute nicht, ob Frau F. allein nach Berlin gekommen ist, ob ihre Familie den Krieg überlebt und ob es Verwicklungen mit den Nazis gegeben hat. Ich weiß es nicht, weil ich nicht frage. Stattdessen erzähle ich ihr: »Mein Opa spricht immer noch Französisch«, während ich ihr helfe, sich anzuziehen. Der faltige alte Körper wird wieder elegant eingepackt, der Nagellack passt perfekt zur Bluse. Wir sprechen über Kriegstraumata und sie berichtet von einem jüngeren Verwandten, der *am Hindukusch* gewesen sei.

Es tritt wieder Stille ein, ich frage nicht mehr zurück, weil ich mich darauf konzentriere, dass sie sicher vom Rollstuhl auf ihre Eckbank kommt. Der Rollstuhl muss dann aber in Reichweite geparkt werden und ich überprüfe, dass ich beim Frühstückzubereiten auch nichts vergessen habe. Ob noch genug Wasser in ihrer Flasche ist, ein Kugelschreiber für das Kreuzworträtsel auf dem Tisch liegt, Medikamente, Telefon und Notrufknopf da sind. Ich öffne die Jalousie an der Balkontür und ziehe die Vorhänge zur Seite, sodass die Sonne hereinkommen kann. Sie sagt, dass sie noch genug Essen von gestern habe und ich deshalb mittags nicht noch einmal kommen müsse. Ihr Enkel habe Kartoffelsalat vorbeigebracht und ihn, weil sie ihn wegen des Zahnes nicht habe kauen können, püriert. Ich nehme die Schüssel aus dem Kühlschrank und stelle noch einen Nachtisch dazu. Dadurch werde ich vierzig Minuten früher Feierabend haben. Sie sagt, ihr Zahn habe doch etwas Gutes, wenn auch nur für mich, und lächelt.

Als ich Frau F. vor über einem Jahr kennenlernte, begann 500km weiter südlich die intensive Pflegephase meines eigenen Großvaters. Die Fürsorge, mit der ich mich um alte Menschen in Berlin kümmere, kann das schmerzhafte Gefühl, dasselbe nicht bei meinen eigenen Großeltern leisten zu können, nicht kompensieren. Es ist die gleiche Arbeit, aber nicht der richtige Ort. Egal wie engagiert die Pflegekräfte meines Opas gearbeitet haben, sie konnten seinen Tod nicht aufhalten. Und genauso wenig kann ich verhindern, dass Frau F., die Oma von irgendwelchen Menschen in meinem Alter, irgendwann sterben wird.

Ich besuche sie gerne, aber es bleibt ein Rest Bitterkeit darüber, dass ich die Großeltern anderer Menschen häufiger sehe als meine eigenen.

Ich unterschreibe in der Pflegeakte, wünsche ihr einen schönen Sonntag, verabschiede mich und stoppe den Einsatz in meinem Handy: 42 Minuten, sieben Minuten zu lang.

Herr M.

Wenn ich über das Haus nachdenke, in dem Herr M. seit 40 Jahren wohnt, fühlt es sich an, als stünde es an einem anderen Ort. Es ist schwer vorstellbar, dass es ein Haus wie dieses in Berlin gibt, mitten im Wedding, auf der Straßenseite gegenüber befindet sich ein Coworking-Space und ein Urban-Gardening-Projekt. Das Haus selbst ist von der Straße kaum zu sehen, eine große Baustelle auf dem Grundstück davor versperrt die Sicht. Ein provisorischer Gang führt um mehrere Ecken zu einer Baustellentür, durch die man in den Eingangsraum des ehemaligen Seitenflügels gelangt. Diesen Raum muss man durchqueren, um in einen Minigarten (beziehungsweise das, was durch die Baustelle noch davon übrig geblieben ist) zu kommen, von dem man dann zur richtigen Eingangstür gelangt, die nicht verschlossen ist. Keine Klingel zeigt an, wer hier wohnt; man kann von der Straße ohne Schlüssel bis zu den Wohnungstüren laufen. Ein Nachbar im Erdgeschoss, Herr M. im dritten Stock – der Rest der Wohnungen steht leer. Gäbe es ein Gedächtnis der Stadt Berlin mit all ihren Häusern und Gebäuden, wäre dieses Haus einer seltsamen Amnesie zum Opfer gefallen: einfach vergessen, mit seinen zwei Bewohnern. Das englische Wort *abandoned* beschreibt in meiner Wahrnehmung Herrn M.s Situation besser als das deutsche.

Abandoned: *verlassen, aber das erfasst die Intensität nicht gut genug; verbannt, auf eine abgeschottete Wohnungsinsel, ein irrwitzig großes und langwieriges Bauvorhaben direkt vor dem Fenster hat das Band zur restlichen Stadt durchtrennt, die Wohnung von Herrn M. könnte genauso gut durch die Luft schweben und wäre nicht weniger losgelöst von ihrer Umgebung als jetzt.*

Herr M. öffnet mir die Tür, er kann sich nicht mehr an mich erinnern, obwohl ich vor ein paar Wochen schon einmal bei ihm war. Nicht so schlimm. Er ist ein netter älterer Herr, klar im Kopf, nur körperlich etwas eingeschränkt. Mein Einsatz besteht aus einem Einkauf, einer großen Wohnungsreinigung und 15 Minuten zusätzlicher Zeit zum Plaudern oder für irgendwelche anderen anfallenden Aufgaben, insgesamt 65 Minuten.

Die Einsätze bei ihm sind angenehm. Ich sauge das Wohnzimmer und putze das Bad. Alles ist wahnsinnig eng, in der Wohnung stehen dutzende Bronze-Figuren herum und ein paar Hertha-Fanartikel schmücken die Wände. Es ist nicht unordentlich, alles hat seinen Platz. Auch Herr M. – und zwar in dieser Wohnung. Seit zwei Jahren war er *nicht mehr unten*, wie er mir erzählt. Dabei kann er noch ganz gut laufen, nur die Knie schmerzen bei dem Gedanken an die Treppen. Herr M. hat früher als Friedhofsgärtner gearbeitet und viele Jahre lang den Rücken und die Kniegelenke überstrapaziert. Die Wohnung wirkt aus der Zeit gefallen, die Wohnzimmergarnitur ist opulent, hochwertig und viel zu groß. Ich merke der Einrichtung an, dass jedes Möbelstück eine Lebensinvestition war; das Sofa, für das man sich einmal entschieden hat, besitzt man dann bis zum Lebensende. Auf dem Wohnzimmertisch liegt eine Plastiktüte mit einem roten Wollknäuel, offensichtlich vertreibt er sich die Zeit mit Stricken. Vielleicht werde ich ihn mal darauf ansprechen, falls es kein anderes Gesprächsthema gibt, denke ich.

Zum Ende des Einsatzes bittet er mich noch, den Müll runterzutragen und in seinen Briefkasten zu schauen. Ich finde darin die Wahlbenachrichtigung zur Wiederholungswahl in Berlin sowie für den Volksentscheid *Berlin Klimaneutral 2030* und bringe sie ihm mit nach oben. Er öffnet den Brief und schaut ihn kurz an, dann sagt er: »Gar nichts wähl' ich!«, und zerreißt die Papiere. »Klimaschutz – die sollen mal hier gucken, auf der Baustelle, um fünf Uhr geht da das Licht an und geht die ganze Nacht nicht mehr aus! Da arbeitet niemand! Deswegen hab' ich im Schlafzimmer das ganze Fenster abgeklebt!« Der Lärm und die Lichter der Baustelle sind das Einzige, was von der Außenwelt ungewollt in Herrn M.s Wohnung dringt. Ich gehe auf seine Bemerkung, nicht wählen zu gehen, nicht ein, meine Zeit wird in drei Minuten vorbei sein.

Im Allgemeinen spreche ich nur äußerst selten mit meinen Patient*innen über politische Ansichten. Bei Herrn M. merke ich auch, dass er einfach einen anderen Menschen im Raum braucht, um seine Gedanken mal laut auszusprechen. Der Kreis an Menschen, die er regelmäßig sieht, ist auf seine Schwester, meine Kolleg*innen und die Mitarbeitenden von *flaschenpost* beschränkt. Seit sein Nachbar aus dem Erdgeschoss schwer krank ist, kommt noch nicht mal mehr er vorbei. Am Ende des Einsatzes wird aber noch klar, was es mit der Plastiktüte und dem Wollknäuel auf sich hat: Es ist Herrn M.s Verbindung zum Nachbarn, der ihm in die heruntergelassene Tüte die Briefe aus dem Briefkasten steckt, »wenn mal keiner von euch kommt«.

Frau M.

Frau M. wohnt in einem dieser Genossenschaftsbauten, aus denen sich in manchen Ecken des Berliner Westens ganze Viertel zusammensetzen. Achtstöckig mit drei Parteien pro Etage, direkt daneben der nächste achtstöckige Komplex. Ich klingele bei Frau M. und sie betätigt den Türöffner, ohne zu fragen, wer da ist. Ich gehe in den ersten Stock und durch den Flur zu ihrer Wohnungstür, die schon offensteht. Frau M. sitzt an ihrem Tisch, das Stehen und Warten an der Tür ist vermutlich zu anstrengend für sie. Ich freue mich, sie zu sehen, begrüße sie und frage, wie es ihr geht. Es gehe ihr ok, aber so richtig antwortet sie auch nicht.

Frau M. ist eine sehr zierliche, fast zerbrechliche Frau. Ihr Alter ist schwer zu schätzen, aber meine Dienst-App verrät mir, dass sie ein paar Jahre jünger ist als meine Eltern. Ihr Gesicht hat einen auffallend starken Farbkontrast, die Haut hell-beige, aber die Furchen dunkel. Ihre Augen wirken groß in ihrem hageren Gesicht, aber blitzen mich freundlich an. Ich setze mich zu ihr an den Tisch, sie fragt, was auf dem Plan stehe und wie viel Zeit ich habe. 80 Minuten, kleine Körperpflege, Wohnungsreinigung, Wäschepflege. Eigentlich kein Spielraum. Sie braucht trotzdem an anderer Stelle meine Unterstützung und fragt, ob ich Toastbrot, ein Stück Kuchen und Zigaretten für sie kaufen gehen könne und ob wir danach noch Haare waschen können. Es ist Ostermontag, ich willige ein, obwohl ich weiß, dass es schwierig wird, heute einen offenen Späti zu finden. Sie geht in den Nebenraum, um ihren Geldbeutel zu holen.

Seitdem ihre beiden Söhne ausgezogen sind und sie selbst durch ihre Krankheit immer dünner und schwächer wird, stehen die Größe der Wohnung und der Aufwand, den man betreiben müsste, um sie ordentlich zu halten, in keinem guten Verhältnis zu ihr selbst: Es wirkt, als könnte sie von ihrer Wohnung ohne Weiteres verschluckt werden.

Sie hat nicht genug Geld für drei Packungen Pall Mall rot, 50 Stk., 16€. Also erst noch Geld holen. Sie gibt mir ihre Karte und schreibt die PIN auf einen Zettel. Sie vertraut mir. Ich ziehe meine Jacke wieder an, überlege, ob ich ihr als Pfand meinen Geldbeutel dalassen soll, und entscheide mich dagegen. Ich fahre los und checke auf dem Weg zur Sparkasse schon jeden Späti, aber alles ist zu. Ich hebe Geld ab, hole die Kontoauszüge und versuche, sie einzustecken, ohne darauf zu schauen. Ich fahre wieder los, in eine andere Richtung, in der ich offene Spätis vermute, aber auch in dieser Straße ist alles geschlossen. Also wieder zurück zu einem Späti, an dem ein Schild hängt, das vermuten lässt, dass der Inhaber um 12 Uhr wieder zurück ist, aber das war wohl gelogen. Ich gehe zu einem Backshop, bei dem ich davor schon nach Zigaretten gefragt hatte, er hat die richtige Marke, aber die falsche Packungsgröße, dann nehme ich eben fünf Päckchen. Ich fahre zu dem Bäcker, bei dem ich Kuchen kaufen soll, aber auch hier stehe ich vor verschlossenen Türen. Nächster Bäcker: ist offen, hat aber keinen Kuchen. Nächster Backshop – wieder nicht das Richtige. Dann eben Brötchen und Russischer Zupfkuchen statt Toastbrot und Käsesahne.

Zurück in Frau M.s Wohnung sind 60 Minuten vergangen. Auf den Kontoauszügen sieht sie die Stromrechnung, 188€. Pro Monat. Ihr Sauerstoffgerät läuft rund um die Uhr und frisst extrem viel Energie. Sie fragt, ob noch genug Zeit zum Haarewaschen sei, ich sage: »Klar, ich hab' noch 20 Minuten und, wenn es fünf Minuten länger dauert, ist auch egal.«

Das Haarewaschen wird anstrengend, sowohl für mich als auch für sie. Frau M. hat COPD, eine chronische Lungenerkrankung. An das Sauerstoffgerät ist ein langer schlaufenförmiger Schlauch angeschlossen, an dessen Spitze sich zwei kleine Ausgänge befinden, die in den Nasenlöchern von Frau M. stecken. Die Maschine pustet ihr dauerhaft Luft in die Nase, sonst wäre sie vermutlich schon erstickt. In ihrer eigenen Wohnung kann sich Frau M. nur wie ein angeleinter Hund bewegen. Diese Assoziation tut mir leid, aber sie kam mir irgendwann mal. Frau M. zieht im Bad ihr T-Shirt aus, darunter ist sie nackt. Ich erschrecke kurz. Obwohl ihre Arme so knochig sind, wirkt der Bauch aufgebläht und fest und die Brüste dagegen unverhältnismäßig klein. Narben rechts und links lassen mich kurz an eine Mastektomie denken. Wahrscheinlicher sind allerdings Lungenoperationen. Ich wasche ihre Haare, die stellenweise verfilzt sind. Der Schaum der ersten beiden Waschgänge ist grau-braun, erst beim dritten ist er weiß. Der Zigarettenrauch aus der Luft hängt eben auch in den Haaren.

Der Klingelton meines Handys erinnert mich daran, dass die Einsatzzeit vorbei ist. Wir gehen zurück in ihr Zimmer, sie stöhnt mehr, als dass sie atmet, trinkt einen Schluck, nimmt sich Zigaretten, Feuerzeug und Aschenbecher und setzt sich langsam auf ihren Rollator. Ich kämme ihre Haare und brauche einige Minuten, bis alle Knoten draußen sind. Ich fange an zu föhnen, während sie ihre Erholungszigarette raucht. Ich lasse mir Zeit, meine Gedanken schweifen ab zu meiner Mutter, die mir früher auch oft meine langen schwarzen Haare geföhnt hat. Haareföhnen ist ein intimer, aber angenehmer Moment: Der Föhn übertönt die Stille, sodass ich kein Gespräch führen muss. Trotzdem ist es eine liebevolle und fürsorgende Tätigkeit. Als ich ihr sage, dass ich als Kind auch so lange Haare hatte, erzählt sie mir, dass sie sich vor sechs Jahren, auf dem Tiefpunkt ihrer Depression, eine Glatze rasiert habe. Bei Menschen wie Frau M., mit denen Gespräche nicht einfach so zustande kommen, sondern ein aktives Fragen und Zuhören sind, ist es leichter, nur die offensichtlichen Aufgaben zu erledigen. Und gerade deswegen brauche ich diese Gespräche, weil sie ein Korrektiv für meinen subjektiven Eindruck sind. Am Anfang habe ich mich vor den Einsätzen bei ihr immer etwas geekelt, vor der dreckigen Wohnung und dem gelblichen Zigarettenqualm, der alles überzieht. Einmal kommentierte ich ein bisschen zu frech, dass sie ja offenbar immer noch rauchen könne, trotz Sauerstoffgerät. Daraufhin erzählte sie mir von ihrer Krankengeschichte, die mit einer Infektion im Ausland begann, als sie dort als Journalistin recherchierte. Kolleg*innen von damals helfen ihr noch heute mit den Einkäufen. Dann folgten lange Krankenhausaufenthalte und psychische Probleme; das steckt man nicht so einfach weg, wenn man von heute auf morgen den Job und die Gesundheit verliert, stattdessen viel zu jung an einer Sauerstoffmaschine hängt und auf eine Spenderlunge wartet.

Als die Haare trocken sind, lächelt sie mich an und sagt, dass sie sich jetzt wieder wohler fühle. Ich verabschiede mich recht zügig und stoppe den Einsatz nach 110 Minuten.

Herr G.

Ich versuche, die Tür aufzuschließen, aber der Schlüssel steckt von innen. Eine Frau macht mir auf. Es ist M., die Mitbewohnerin von Herrn G., sie ist ungefähr zehn Jahre älter als ich. Es fällt mir schwer, sie einzuschätzen; zu mir ist sie weder besonders freundlich noch besonders unfreundlich. Auf dem Herd steht eine Pfanne, M. brät ein Ei. Ich ziehe meine Jacke aus, starte im Handy den Einsatz, mache mir einen Zopf, stecke Einweghandschuhe in die Hosentasche und gehe ins Zimmer links vom Flur. Die Lichter an der Decke und hinter dem Bett brennen, der Fernseher läuft und die elektrische Standheizung auch. Die Luft ist warm und steht im Raum. Ein glimmendes Räucherstäbchen scheitert bei dem Versuch, andere Gerüche zu überdecken. Ich freue mich, Herrn G. zu sehen, und begrüße ihn. Herr G. ist klar im Kopf, er erinnert sich jedes Mal an meinen Namen. Durch die Eselsbrücke zu seiner Cousine, die genauso heißt wie ich, fällt ihm das leicht. »Is she still alive?«, habe ich ihn einmal gefragt – »I don't know, she's a Brexiteer!«, gab er zurück.

48 Minuten habe ich ab jetzt Zeit für ihn, das heißt: 48 Minuten, um die Leistungskomplexe *abzupflegen*, deren Addition 48 ergibt: kleine Körperpflege (15 Minuten), Zubereitung einer kleinen Mahlzeit (7 Minuten), Darm- und Blasenentleerung (8 Minuten), Einkauf (18 Minuten).

Herr G. liegt in einem Pflegebett, heute trägt er ein T-Shirt und seine Beine sind mit einer Decke zugedeckt, die zu kurz für ihn ist. Das kenne er nicht anders, sagte er mir einmal. In seinen langen Knochen steckt noch der ehemalige Profibasketballspieler, auch wenn der Körper im Alter Masse angesetzt hat. Aus dem Bett kann er seit Monaten nicht mehr aufstehen, aber das Nötigste ist mittlerweile um ihn herum arrangiert: Sein Computer ist mit dem Fernsehbildschirm verbunden, sodass er die spannendsten NBA-Spiele aus dem Bett heraus streamen kann. Sein Schnupftabak und die Fernbedienung liegen auf dem drehbaren Tablett, das ihm eine Kollegin von mir irgendwann einmal geschenkt hat. So braucht er nicht mehr über den ganzen Tisch greifen, sondern kann sich seine Utensilien in Reichweite drehen.

Im Gegensatz zu mir hat Herr G. keinen Zeitdruck

während der Einsätze. Er bewegt sich langsam, er spricht etwas undeutlich und ich weiß nicht, ob es daran liegt, dass er sein Gebiss nicht im Mund hat, oder ob er vielleicht noch betrunken ist von gestern Abend. »It just softens the sharp edges of getting old«, erklärte er mir einmal mit etwas zu förmlichem britischen Akzent. Er dirigiert mein Tun vom Bett aus. Alles, was ich bewege oder umstelle, um besser arbeiten zu können, muss am Ende wieder genau dorthin, wo es zu Beginn war. Die Dinge auf seinem Tisch und um sein Bett herum haben alle einen ganz bestimmten Platz. Der Bereich, über den Herr G. Kontrolle haben kann, ist klein, aber die Kontrolle ist streng.

Ich fange an mit den Urinflaschen. Ein paar Mal habe ich den Fehler gemacht, sie im Waschbecken auszukippen, der Gestank ist unglaublich. Ich hole Wasser zum Waschen seines Intimbereiches. Das Wasser wird nicht warm, obwohl ich höre, dass der Boiler in der Küche angesprungen ist. Auskippen, nochmal warten. Bevor ich mit dem Waschen anfangen kann, kommt M. mit dem Spiegelei und einem Kaffee ins Zimmer. Sie knallt ihm das Essen auf den Tisch, wird laut, ruft: »Eat! Eat! It's good for you!«, und: »Wodka! Wodka! Immer Wodka! Schlecht!«

Sie hat kein Besteck mitgebracht. Ich verstehe M. nicht. Ich verstehe nicht, warum sie auf Englisch immer schreit und warum sie überhaupt dort wohnt. Sie wechselt zwischen gebrochenem Deutsch und bruchstückhaftem Englisch. An der Tür dreht sie sich noch einmal um und ruft auf Deutsch durchs Zimmer: »Es wäre gut, wenn du heute stirbst!« Ich weiß nicht, ob Herr G. das verstanden hat, sein Deutsch ist eigentlich nicht schlecht.

Ich fahre M. auf Deutsch an, dass sie das Zimmer wieder verlassen soll, und wechsle im nächsten Moment ins Englische: »I'll get you a fork, you don't have to eat with your hands!« Ein alter Mann, der nicht mehr aus seinem Bett aufstehen kann, soll nicht würdelos mit seinen Händen essen müssen. Während er isst, bringe ich das Geschirr von gestern in die Küche. Das lauwarme Wasser zum Waschen ist mittlerweile kalt, also hole ich Neues. Ich nehme auch einen neuen Waschlappen, der andere hatte das Wasser schon trüb gefärbt, bevor ich mit dem Waschen anfangen konnte. Ich räume das Bett ab, eine halbvolle und eine leere Wodkaflasche, die Lupe und die Zeitung kommen auf den Tisch, das Bett fahre ich hoch, den Mülleimer stelle ich neben mich. Das schwarze Laken ist fleckig, überall sind Essensreste und Hautschuppen. Lakenwechseln ist schwierig, wenn jemand im Bett liegt, aber machbar – bisher jedoch viel zu zeitaufwändig.

Ich schlage die Decke zurück – ein Moment, in dem

man Glück oder Pech haben kann. Ich hole eine Rolle Klopapier, heute habe ich Pech. In diesem Fall sollte man nicht den Fehler begehen und sofort mit Lappen und Wasser beginnen. Ich helfe ihm dabei, sich auf seine linke Seite zu drehen, aus seinen Exkrementen heraus. Die Erfahrung hat mir gezeigt, dass es sinnvoller ist, erst den Körper sauber zu machen, bevor ich die Inkontinenzunterlage unter ihm wechsele, auch wenn das bedeutet, dass ich mit meinen Händen dicht über der vollgekoteten Unterlage arbeiten muss. *Ich trage immer Oberteile mit enganliegenden Ärmeln.* Der Gestank ist unerträglich. Durch diesen Moment muss man hindurcharbeiten. Weitermachen, nicht allzu tief einatmen, schnelle Bewegungen, irgendwann wird es sauber sein. In den Momenten des größten Ekels ist mein Gehirn nicht fähig, irgendetwas anderes aufzunehmen. Herr G. erzählt mir Geschichten, aber ich muss danach noch mal nachfragen, weil ich nichts gehört habe. Mein Handy im Flur klingelt kurz. 48 Minuten sind rum. Noch mal frisches Wasser holen. Am Steiß hat sich ein kleiner Dekubitus, ein Druckgeschwür, gebildet. Noch ist es keine offene Wunde, eher eine kleine Höhle in der Haut. Aber ich weiß, dass so etwas selten von allein besser wird, wenn man keine Dekubitusprophylaxe betreibt, sprich: wenden und auf einer anderen Stelle lagern. Solche Sachen googele ich manchmal, abends nach Feierabend. Die Falte an seiner Leiste ist auch gerötet, also creme ich sie ein. Ich höre, dass die Wohnungstür aufgeschlossen wird, meine Kollegin aus dem Krankenpflegeteam kommt mit einem Auszubildenden ins Zimmer. Sie richten die Medikamente und begutachten den geschwollenen Arm. Ich erzähle ihr von der geröteten Stelle unter seinem Arm und meiner Vermutung, dass es ein Hautpilz ist. Ich fühle mich unwohl damit, ein Gespräch über den Körper zu führen, der neben uns liegt, ohne dabei auch mit seinem Besitzer zu sprechen.

Zum Abschied wechsele ich noch ein paar Worte mit Herrn G., ich sage ihm, wann ich wiederkomme, und wünsche ihm eine schöne Zeit. Er bedankt sich, wünscht mir auf Deutsch eine *Gute Reise!* und ich muss lachen. Ich nehme den stinkenden Müllbeutel mit raus, schließe den Müllkäfig auf, entsorge den Beutel, tippe im Handy meine Übergabe und stoppe den Einsatz: 73 Minuten.

In dieser Zeit hätte ich noch einkaufen und eine kleine Mahlzeit zubereiten sollen. Herr G. gehört zu den Patient*innen, deren Pflegebedarf vom Bezirksamt ermittelt und bezuschusst wird. Verglichen mit denjenigen, bei denen die Einsätze über die Pflegekasse abgerechnet werden, sind sie schlimmer dran. Hier gelte das Prinzip *satt, sauber, still,* wie mein Chef einmal sagte. Ich darf bei diesen Patient*innen nur die vorgesehenen Leistungen erbringen und habe nicht die Möglichkeit, etwas zu tauschen oder zu ändern. Schaffe ich es in einem Einsatz nicht, einen bestimmten Leistungskomplex *abzupflegen*, muss ich die Zeit entsprechend kürzen. Damit hätten mir in diesem Einsatz bei Herrn G. genau 23 Minuten zur Verfügung gestanden.

Ich hätte gerne noch mehr über Herrn G. erfahren. Wann er nach Deutschland gekommen war, warum er sich entschieden hatte, hier alt zu werden und seine Wohnung mit einer unausstehlichen Mitbewohnerin zu teilen. Wie sein Leben aussah, bevor ich es in einer so vulnerablen Phase kennengelernt habe. Doch Herrn G.s letzte Reise führte ihn schon bald zurück nach Großbritannien. Rest in peace and dignity.

Frau B.

Ich klingele im Büro der Einrichtung für Menschen mit psychischen Erkrankungen, Frau B. wohnt hier in einer Art WG mit einer anderen Person und ihren beiden Ratten. Obwohl sich diese Einrichtung als Reha bezeichnet, habe ich nicht das Gefühl, dass sich die Bewohner*innen tatsächlich rehabilitieren. Alle Menschen leben zwar freiwillig dort, aber meistens seit vielen Jahren und ohne Aussicht auf eine eigenständigere Wohnform in der Zukunft. Ich gehe kurz ins Büro der Einrichtung, gebe Bescheid, zu wem ich möchte, und eine Sozialarbeiterin ruft bei Frau B. an. Sie hebt nicht ab, denn der Anruf ist für Frau B. nur das Zeichen, dass jemand kommt.

Ich war vor einem halben Jahr schon einmal bei Frau B., heute ist mein zweiter Einsatz bei ihr. Normalerweise kann ich Patient*innen nach dem ersten Treffen relativ gut einschätzen, aber bei Frau B. ist das nicht der Fall, in meinem Kopf ist sie wie ein Geist.

Ich nehme den Aufzug in den zweiten Stock, die Wohnungstür steht offen, ich trete ein, rufe *Hallo* und bekomme ein *Hallo* zurück, ohne dass ich sehen kann, wer mir geantwortet hat. Frau B. ist schon wieder in ihrem Zimmer verschwunden, ich stehe in der Küche. Fliegen schwirren über der Theke, was kein Wunder ist, bei vergammelnden Obstresten und 32°C. Ich bleibe in der Küche und bespreche mit Frau B. durch die Wand den Einsatz. Ich habe Geld für sie mitgebracht, muss einkaufen gehen und ihr Zimmer reinigen. Frau B. hat eine so extreme Bindungsstörung, dass es ihr kaum möglich ist, andere Menschen zu sehen, weil sie fürchtet, dann eine Beziehung zu ihnen aufzubauen. Daher bemüht sich mein Chef auch, möglichst häufig unterschiedliche Kolleg*innen zu ihr zu schicken. Ich gehe laut die Einkaufsliste durch, die sie mir vorbereitet hat. Von dem Geld, das ich mitgebracht habe, stecke ich einen Teil für den Einkauf ein, den Rest lege ich auf den Tisch und schreibe die Quittung. Ich verlasse die Küche, sodass sie aus ihrem Zimmer kommen und die Quittung unterschreiben kann. Dann läuft die Choreografie wieder rückwärts, sie ist wieder in ihrem Zimmer, ich wieder in der Küche, aber da wir uns nicht exakt aufeinander abgestimmt bewegen, sehe ich Frau B. für einen winzigen Moment. Das hätte nicht passieren sollen und sie braucht von mir als

Bestätigung die Lüge, dass das nicht geschehen ist und sie ja gar nicht ihr Zimmer verlassen habe.

Als ich nach 30 Minuten von meiner Einkaufstour zurückkomme, ist die Küchentheke einigermaßen sauber. Ich frage sie, ob ich ihre Einkäufe in den Kühlschrank räumen soll, und bin irritiert, als sie verneint – ich weiß, dass sie auch eine Zwangsstörung hat, die es ihr unmöglich macht, Dinge irgendwo einzuräumen. Vor meinem ersten Einsatz bei Frau B. hatte mich mein Chef kurz über ihre Diagnosen aufgeklärt: Sie habe das Gefühl, ihre Wäsche oder ihre Lebensmittel zu beerdigen, sobald sie sie in die Waschmaschine, in den Schrank oder wohinein auch immer legen muss. Ich stelle mir ihre Handgriffe wie eine seltsame Einbahnstraße vor: Alles, was sie benutzen möchte, hat nur eine Chance, dem angestammten Platz entnommen zu werden. Vergreift sie sich morgens bei der Kleidungswahl, muss das Kleidungsstück unweigerlich draußen bleiben und darauf warten, dass meine Kolleg*innen kommen, um es wieder zurück in den Schrank zu legen.

Tatsächlich bittet Frau B. mich, in der restlichen Zeit meines Einsatzes ihre Wäsche einzuräumen. Ich warte im Flur, sodass sie ins Bad huschen und ich in ihr Zimmer gehen kann. Ich arbeite mich durch den Haufen, der auf dem Stuhl, in der Wäschekiste und auf dem Boden liegt. Ich falte, sortiere und komme nicht umhin, mir durch ihre Kleidung ein Bild von ihr zu machen. Die Oberteile sind auffallend verspielt, rosa, glitzernd, süß, überall Rüschen. Auf die Hosen wäre Britney Spears 2003 neidisch gewesen, ganz zu schweigen von den Gen-Z-Girls heute. Frau B. ist schon fast 60 Jahre alt, aber es wirkt, als würde sie mit ihrer Kleidung ihr eigenes Teenager- oder gar Kinder-Selbst festhalten wollen. Da ich Frau B. weder sehen, noch wirklich mit ihr sprechen kann, reime ich mir meine Theorie über die Ursache ihres Bindungstraumas zusammen.

Nach 45 Minuten tauschen wir wieder Plätze, sie kann zurück in ihr Zimmer und ich mache mich bereit, den Einsatz zu beenden. Als ich schon zur Tür raus bin, merke ich, dass ich das Wechselgeld vom Einkauf noch in meiner Hosentasche habe. Das ist ungünstig, denn jetzt muss ich klingeln und stehe direkt vor der Tür, ohne dass Frau B. Zeit hat, nach dem Öffnen wieder in ihrem Zimmer zu verschwinden. Ich rufe durch die Tür, gehe dann ein halbes Stockwerk hinunter, warte, bis sie die Tür geöffnet hat, gehe dann zurück, lege ihr das Geld auf den Boden und entschuldige mich. Aus ihrem Teil des Flures ruft sie mir zu, dass ihr die Einsätze von mir und einem anderen männlichen Kollegen am liebsten seien und ob ich nicht öfter kommen könne. Ich antworte ihr, dass ich mal mit meinem Chef reden werde. Beim Gehen bin ich mir nicht sicher, ob das für sie gut oder schlecht wäre und ob ich angesichts des ganzen Einsatzes lachen oder weinen möchte.

Frau S.

Ich klingele pro forma und schließe dann die Wohnungstür von Frau S. im Erdgeschoss auf. Ein großer Schrank steht direkt im Flur, man muss die Tür komplett öffnen und sich dann durch den entstandenen Spalt quetschen, um in die Wohnung zu gelangen. Ich rufe laut *Hallo*, viel lauter, als es in der winzigen Wohnung normalerweise nötig wäre. Frau S. sitzt mit dem Rücken zu mir an ihrem PC und trägt Kopfhörer. Das ist ein bisschen ungünstig, sie hat mich noch nicht gehört und jetzt muss ich schon ziemlich nahe an sie herantreten, sodass ich in ihrem Blickfeld erscheine. Leider ist sie so schwerhörig, dass sie ohne ihre Hörgeräte keine Chance hat, mich oder sonst irgendetwas zu hören.

Sobald Frau S. mich wahrgenommen hat, fährt sie mit ihrem E-Rolli zum Bett und steckt ihre Hörgeräte ein, erst jetzt kann der Einsatz richtig starten. Sie müsse auf Toilette, ob ich ihr helfen könne, »Na klar, kein

Problem«, sie habe etwas Durchfall seit der Nacht davor. Sie fährt den Rollstuhl näher an das Bett und hievt sich mithilfe ihres Rutschbrettes darauf. Ich hole den Toilettenstuhl aus dem Bad, ein sehr modernes Teil, aufgebaut wie ein Rollstuhl, nur mit Loch in der Sitzfläche. Ich war erst wenige Male bei Frau S. und, obwohl die Abläufe immer gleich sind, habe ich sie noch nicht komplett verinnerlicht. Sie hilft mir, erinnert mich an die Schritte: Armlehne des Toilettenstuhles herausnehmen, Pflegebett etwas nach oben fahren, sodass ein Gefälle zum Toilettenstuhl entsteht. Ich hebe ihre Beine in die richtige Richtung und halte den Toilettenstuhl fest. Frau S. sammelt ihre Kraft (vielleicht auch ihren Mut) und rutscht auf dem Rutschbrett von der Bettkante auf den Toilettenstuhl. Dann kommt die Lehne wieder rein, sie hält sich an beiden Seiten fest, stemmt sich hoch und ich ziehe das Rutschbrett unter ihr heraus.

Ich frage sie, so laut ich kann: »Wie war Ihr Ausflug gestern zur Eisdiele?«, und sie antwortet, dass sie heute auch wieder zu einer Eisdiele gefahren sei. Ich schiebe sie Richtung Bad, mein Versuch, das Gespräch weiterzuführen, versandet leider, weil sie meine nächste Frage nicht hören kann. Ich vermute, dass es für sie noch schwieriger wird, wenn ich hinter ihr stehe, weil sie meine Mundbewegungen dann nicht sehen kann. Sich mit einer sehr schwerhörigen Person zu unterhalten, fühlt sich ein bisschen an, wie in einer Sprache, die man nur rudimentär beherrscht, mit einer muttersprachlichen Person zu sprechen: Man sagt etwas und das Gegenüber reagiert nicht, weil die eigene Aussprache so schlecht war, dass die andere Person noch nicht mal registriert hat, dass man die Sprache gesprochen hat. Trotzdem – für mich ist ein solches Nicht-Gespräch höchstens unangenehm, für sie ist ihre Schwerhörigkeit in hohem Maße isolierend.

Wir sind im Bad angekommen, ich fahre sie rückwärts über die geöffnete Toilette und warte dann vor der Badezimmertür. Das, was in meinem Einsatzplan »Erweiterte Darm- und Blasenentleerung« heißt, dauert sehr lange, wenn man durch eine Querschnittslähmung die relevanten Muskeln nur eingeschränkt willentlich bewegen kann. Also warte ich. Durch diese Wartezeit habe ich zugegebenermaßen schon mehr über Frau S. herausgefunden als durch die Gesprächsversuche. Ich schaue mir in solchen Momenten die Wohnungseinrichtung genau an, erfahre etwas über ihre Hobbys, ihre vergangenen Reiseziele und lasse den Blick über den Bücherschrank schweifen. Mehrere Gesetzestexte, Bände über Verwaltungsrecht und allgemeine Gesetzgebungsverfahren verraten mir, dass sie früher wohl als Anwältin gearbeitet oder zumindest Jura studiert hat. Ich weiß nicht, wie lange sie schon querschnittsgelähmt ist, ich weiß nur, dass sie es nicht schon immer ist.

Irgendwann ruft sie mich wieder ins Badezimmer, ich fahre sie nach vorne, wische sie ab, spüle, mache die Toilette sauber. Alles ist relativ eng, ich muss ihr körperlich nahekommen, während sie mit nacktem Hintern in einem Stuhl mit Loch in der Mitte sitzt, ohne die Situation mit Smalltalk überbrücken zu können – das ist eine Herausforderung.

Ich schiebe sie wieder in den Flur, hier wird gewendet, sodass wir rückwärts neben ihrem Bett einparken können. Sie möchte im Flur kurz anhalten und nimmt eine Digitalkamera aus dem Schrank. Ich habe kurz Sorge, dass ich ihre wundgelegene Stelle am Steiß fotografieren soll. Aber wir fahren weiter, ins Schlafzimmer. Ich drücke den Knopf an ihrem Bett, sodass es wieder auf die niedrigste Höhe eingestellt ist, sie stemmt sich in ihrem Toilettenstuhl hoch und ich ziehe ihre Unterhose wieder an die richtige Stelle. Sie stemmt sich ein zweites Mal hoch, jetzt schiebe ich das Rutschbrett unter sie, nehme die Armlehne des Toilettenstuhles raus, halte den Stuhl fest und sie gleitet auf das Bett. Ich hieve ihre Beine hinterher und sie zieht sich ihre Hose wieder an. Im Bett liegend macht sie die Kamera an, navigiert zu den gespeicherten Aufnahmen und zeigt mir die Fotos, die sie heute vor dem Eisladen gemacht hat. »Da soll es das beste Eis in ganz Berlin geben!«, sagt sie und ich schaue mir die Bilder an. Ich bin überrascht, die Eisdiele scheint super hip zu sein, das Vegan-Label leuchtet schon im Schriftzug über dem Laden auf. Ich freue mich für sie und über ihren Ausflug und möchte ihr eigentlich erzählen, dass es mir da auch schmecken würde, weil ich mich vegan ernähre, in der Hoffnung, dass wir so eine persönlichere Verbindung aufbauen können. So weit komme ich aber gar nicht, weil sie schon sagt: »Da muss man drinnen das Eis bestellen, aber da ist eine Stufe vor dem Laden.«

Frau S. ist an zwei heißen Sommertagen hintereinander mit ihrem E-Rolli durch die halbe Stadt gefahren, um zweimal kein Eis essen zu können, weil eine Stufe vor den Läden es ihr unmöglich macht, ihre Bestellung aufzugeben. Und ich fürchte – aber das ist nur eine Vermutung –, dass sie aus Scham, die Antwort nicht hören zu können oder zur Last zu fallen, keine Passantin und keinen Passanten gebeten hat, für sie zu bestellen.

Ich wünschte, ich hätte in ihrem Einsatz diese eine Stunde Extrazeit, die mir die Pflegekasse für manche anderen Patient*innen zur Verfügung stellt, die von außen betrachtet deutlich weniger eingeschränkt sind. Aber was nicht abgerechnet werden kann, darf nicht geleistet werden – sprich: Minuten, die keinem expliziten Leistungskomplex zugeordnet sind, wären ehrenamtliche Arbeit und sollen deswegen tunlichst vermieden werden. Und die 35 Minuten, die der Abendeinsatz dauert, bestehen aus einer erweiterten Darm- und Blasenentleerung, der Zubereitung einer kleinen Mahlzeit und Betten/Lagern, also die Patientin vom Bett in den Stuhl und wieder zurückbewegen. Ein Besuch in der Eisdiele ist nicht drin.

Sie schaltet die Kamera wieder aus, ab hier kommt Frau S. allein zurecht. Sie sagt: »Das war alles«, und bedankt sich. Ich unterschreibe in der Akte, checke noch mal, ob ich ihren Schlüssel wieder eingesteckt habe, verabschiede mich und ziehe die Tür wieder hinter mir zu.

Herr U.

Herr U. Senior empfängt mich früh morgens an der Tür. Der erste Satz ist immer ein Kommentar zum Wetter, schon auf den Treppenstufen überlege ich mir meine Meinung zum heutigen. Oft stimme ich aber einfach zu.

Die Einsätze bei Herrn U. sind zwar stark standardisiert, von den pflegerischen Tätigkeiten her aber auch das Anspruchsvollste, was ich leisten kann. Erschwerend kommt noch hinzu, dass der Einsatz fast die komplette Stunde lang doppelgleisig läuft: Mein Kopf und die Hälfte meiner Aufmerksamkeit führen ein Gespräch mit Herrn U. Senior, die andere Hälfte und mein Körper arbeiten für Herrn U. Junior.

Rucksack ab, Jacke aus, Handschuhe in die Hosentasche, Haare zusammenbinden, Schuhüberzieher an, denn das Parkett ist Herrn U. heilig. Die Zimmer der Wohnung haben sich dem Leben von Vater und Sohn angepasst. Die täglichen Wege sind frei, auf den restlichen Quadratmetern stapeln sich Dinge, auf Bügeln hängen Kleidungsstücke, deren Schultern mit hellgrauem Staub bedeckt sind. Die Wohnung und Herr U. sind gezeichnet davon, dass sie seit dreißig Jahren einen Sinn erfüllen: die Pflege des Sohnes gewährleisten. Er hat den Pflegegrad 5 – den höchsten, den es gibt. Ich folge Herrn U. in das kleine Zimmer links vom Flur. Es ist das frühere Kinderzimmer, aber seit langer Zeit steht ein Pflegebett darin. Herr U. Junior hatte es nur für wenige Jahre aus der elterlichen Wohnung herausgeschafft, bevor seine Krankheit ihn wieder hineinzwang. Die Mutter zerbrach an dieser neuen Lebensaufgabe, und so wurde sie zu der des Vaters.

Der Ablauf meines Einsatzes kennt nur zwei Optionen: duschen oder waschen. Mittlerweile ist mir beides gleich recht, ich kenne die Reihenfolge auswendig und mache nur noch selten Fehler. Den Intimbereich mit einem Einmalhandtuch waschen, Katheterbeutel an meiner Hosentasche befestigen, Herrn U. Junior im Bett aufsetzen, Hausschuhe anziehen, seinen Arm auf meinen Rücken legen, mit ihm aufstehen und in den Toilettenstuhl setzen. Mit dem Rollstuhl käme man in dem kleinen Zimmer nicht um die Ecken und der Toilettenstuhl hat schließlich auch Räder. Währenddessen erzählt mir Vater U. von seinen eigenen Gebrechen, die leichte Staublunge, die arthritischen, entzündeten Gelenke, die nicht mehr so wollen. Er schiebt den Toilettenstuhl, ich halte die Beine seines Sohnes und achte darauf, dass sein Ellbogen nicht zwischen Lehne und Wand eingeklemmt wird. Die Wand ist auf dieser Höhe eingedellt und in das Holz des Bettes hat sich von der Kante des Toilettenstuhls eine Fuge eingeschnitzt. Wir fahren bis zur Zimmertür, Herr U. schlüpft an uns vorbei in den Flur und holt den Rollstuhl. Ich lege den Arm des Sohnes wieder um mich, als würde ich einen Walzer mit ihm tanzen wollen, er steht mithilfe der Klinke auf, dreht sich eine viertel Umdrehung nach links, sodass er im Rollstuhl landet, wenn sein Vater ihm einen Klaps auf die rechte Schulter gibt, damit er sich wieder hinsetzt. Es ist ein heikler Moment, ich setze das Gewicht meines Körpers ein, um mit dem seinen eine Balance zu finden. Bremsen los, Katheterbeutel einhängen. Auf der Fahrt zum Bad laufe ich rückwärts mit gebeugtem Rücken und halte die Füße fest, sodass sie nicht auf dem Boden schleifen. Herr U. erzählt mal vom Aufwachsen in den deutschen Nachkriegsjahren, von den Lebensmittelmarken, mit denen seine Mutter die Familie durchbrachte; mal erzählt er, wie er die Wende erlebt hat: gar nicht nämlich; es war sein Hochzeitstag und deswegen haben er und seine Frau in einem Lokal gefeiert, anstatt zu Hause die Nachrichten zu schauen. Am nächsten Tag ging er unbeirrt zur Arbeit und wunderte sich dort, wo alle seine Kollegen sind.

Als Dreiergespann biegen wir ins Bad ein, ich vorneweg, jetzt bin ich in der Sackgasse. Zum Waschen bliebe Herr U. im Rollstuhl sitzen, heute muss er zum Duschen noch auf den Duschstuhl umgesetzt werden. Vater U. macht Frühstück, ich mache mich an die Arbeit. Schuhe aus, Gesicht waschen, Körper waschen, das lichte Haar shampoonieren, Körper abtrocknen, das Handtuch für die Haare reichen, das Trockenreiben macht Herr U. selbst. Füße durch die Pampers stecken, Katheterbeutel durch das linke Pampersbein fädeln, Schuhe an, aufstehen und Po waschen, Pampers hochziehen, dabei checken, dass der Stomabeutel für den künstlichen Darmausgang drin ist, zurück in den Rollstuhl setzen, Deo auftragen, Schuhe ausziehen, Socken an, Schuhe wieder anziehen, Zähne putzen. Die Kompressionsstrümpfe liegen zwar schon bereit, aber ich darf sie ihm offiziell nicht anziehen, dafür kommen meine Kolleg*innen aus dem medizinischen Team. Die gesamte Reihenfolge darf nicht verändert werden, denn Herr U. hakt gedanklich die Schritte ab. In den fast drei Jahren, die ich ihn kenne und wasche, hat er mich noch nie gesehen oder gehört. Ich vermute, dass er auch meinen Namen nicht kennt. Ich frage mich, ob er an den Bewegungen, an der Art, wie er von mir und den anderen Pflegekräften berührt wird, wie lange das Duschen oder Waschen dauert, am Geruch oder an irgendetwas anderem erkennen und unterscheiden kann, wer ihn da gerade duscht.

Die Passivität eines Menschen ist omnipräsent, wenn er der meisten seiner Sinneseindrücke beraubt ist. Jedes Ausbrechen daraus überrascht mich und prägt sich mir ein. Einmal, als das Handtuch von der Handtuchheizung gerutscht ist, sagte er: »Das Handtuch ist runtergefallen«, und als er einmal aus Versehen an mich gestoßen ist, entschuldigte er sich. Diese beiden Sätze sind die einzigen verbalen Interaktionen, die ich bisher mit ihm hatte. Die Kommandos seines Vaters, wenn dieser sie dicht neben seinem Ohr sagt, kann er meistens befolgen, doch die Reaktion entsteht eher aus der immergleichen Routine als aus einem tatsächlichen Verstehen des Gesagten. Am Anfang kommentierte ich noch meine Handlungen, um ihn nicht zu erschrecken: »Ich mache jetzt dies, ich mache jetzt das, Achtung, der Lappen ist etwas kalt« – aber Herr U. Senior sagte: »Er hört Sie nicht.«

Sein Vater holt uns aus dem Bad ab, ich komme aus meiner Sackgasse frei. Im Flur, jetzt wird der Rollstuhl rückwärts gezogen, kann Herr U. seine Beine meistens selbst hochhalten, je nachdem, ob er schief oder gerade im Rollstuhl sitzt. An der Schwelle zum

Wohnzimmer kommt meist noch mal ein Kommentar zum heutigen Wetter – je nachdem, ob die Sonne schon reinscheint oder es noch ganz dunkel ist. Bremse anziehen. Die Kleidungsstücke für den Tag liegen auf dem Sessel bereit. Unterhemd, Pullover, Hose. Füße aufstellen, Hand zum Schrank führen, unter die Arme greifen und mit ihm zusammen aufstehen. Festhalten, während Vater U. die unterschiedlichen Lagen zurechtzupft und überprüft, ob Stomabeutel und Katheterschlauch an der richtigen Stelle sitzen.

»Na gestern hatten wir hier ja wieder einen Schlamassel!«, erzählt Herr U. unvermittelt: dass die Friseurin anrief, die – ein Glück! – noch Hausbesuche macht, als Herr U. noch im Supermarkt stand, nur noch schnell die vergessenen Karotten einkaufen wollte, sie sich für eine Stunde früher als geplant ankündigte, wie er dann die Karotten wieder hinlegte und nach Hause eilte, nur um dann noch einen Anruf zu bekommen: Die Friseurin war wieder dran und sagte ihren Besuch komplett ab, weil sich ihre Tochter in der Schule einen Zahn ausgeschlagen hatte. Kein neuer Haarschnitt, keine Karotten, und trotzdem abgehetzt.

Ich setze Herrn U. wieder zurück in den Rollstuhl, er fährt mit der Hand über das eingestickte Logo auf seinem Pullover und den Reißverschluss an der Hosentasche, um herauszufinden, was er trägt. Vater U.

schiebt den Rollstuhl den kurzen Weg zum Sofa, ich ziehe die Bremsen wieder an. Damit ist der schwierige Teil für mich nun erledigt. Die drei Schritte zwischen Rollstuhl und seinem Platz auf dem Sofa geht Herr U. mit der Hilfe seines Vaters, ich fahre den Rollstuhl auf seinen Platz. Herr U. fragt mich noch, ob ich einen langen Tag habe, und setzt noch mal zu einer Klage über den hohen Krankenstand unter meinen Kolleg*innen an, dadurch kämen immer andere als angekündigt, oder zu früh oder zu spät. Herr U. Junior sagt etwas, aber es ist so verwaschen, dass ich es nicht verstehe. Vater U. weiß aber, was sein Sohn um diese Uhrzeit wissen möchte, greift nach dessen Zeigefinger und zeichnet damit die Buchstaben N E I N in seine eigene Handfläche. Es war die Antwort auf die Frage, ob heute jemand zu Besuch kommen wird.

Herr D.

Herr D. ruft mir entgegen, dass es auch einen Fahrstuhl gäbe, als er mich die Treppe hochlaufen hört. Er empfängt mich an der Tür, streckt mir die Hand entgegen. Die wenigen Male, die ich ihn gesehen habe, sind schon drei Jahre her, also ist es völlig verständlich, dass er sich nicht an mich erinnert.

Damals wurde von uns offiziell seine Frau gepflegt, aber auch als sie noch lebte, übernahm er während der Einsätze das Ruder. Und so sagt er mir auch diesmal, was es zu tun gibt: einmal alles staubsaugen und durchwischen.

Ich erkenne einige Möbelstücke wieder, auch wenn sie jetzt, in der kleinen Wohnung in der Seniorenwohnanlage etwas deplatziert und überdimensioniert wirken. Das Mahagoniholz der Schränke schluckt das Licht. Das Ehebett quetscht sich in die enge Schlafnische und, obwohl auf der linken Seite niemand mehr schläft, befindet sich dort noch der elektrisch verstellbare Lattenrost, der Frau D. das Aufstehen erleichtert hatte. Kurz nach ihrem Tod drängte der Sohn den Vater dazu, in eine seniorengerechte Wohnung zu ziehen.

Herr D. hilft tatkräftig mit, bereitet mir den Eimer vor und steckt das Staubsaugerkabel ein. Bevor ich anfange, möchte ich ihn kurz fragen, wie es ihm geht. Er fühle sich noch sehr fit, nur die rechte Hüfte schmerze. Als ich seine Frau einmal duschte, hatte sie mir erzählt, dass er als junger Mann einen Motorradunfall hatte und danach eine längere Krankenhausodyssee durchmachen musste. Dass er Jahrzehnte später immer noch Schmerzen hat, wusste ich nicht. Ich hake kurz nach und ahne in dem Moment nicht, dass ich einen 27-minütigen Monolog lostrete. Er setzt sich auf das Bett, ich stehe mit dem Staubsauger in der Hand daneben, bereit, jeden Moment anzufangen. Aber Herr D. erzählt. Und erzählt. Er hält seine große Hornbrille in der Hand und unterstreicht mit ihr beim Gestikulieren seine Sätze. Unter seinen noch vollen weißen Haaren legt sich die Stirn in ein schachbrettartiges Muster. Ich schiele immer wieder auf die Uhranzeige des digitalen Thermometers neben der Tür und sehe Minute für Minute vergehen. Er berichtet, dass er mit *den Ärzten* auf Kriegsfuß stehe, wegen seiner Frau, und er rekapituliert die Krankenhausgeschichte, Reha-Aufenthalte, Arztgespräche der letzten Jahre. Aber nicht nur bei ihr hätten *die Ärzte* schlechte Arbeit geleistet, sondern auch bei seiner früheren Sekretärin in der Bank, einer bildhübschen Frau, tolle Haare, toller Busen, tolle Figur. Er zeichnet seine Erinnerung mit den Händen in der Luft nach. »Dit war'n Zeiten sach ick Ihnen, da hatt' ick meine eijene Sekretärin und 'ne Rolex am Arm, und nüscht dieset Ding hier!«, und er deutet auf sein Notrufarmband am Handgelenk.

Ich werde im Nachhinein nicht mehr rekonstruieren können, welche Wendungen der Monolog genommen hat, um zu all den Themen zu gelangen, über die er spricht. Mein Einsatz findet im Rahmen der sogenannten »zusätzlichen Entlastungsleistungen §45b« statt. Wenn Zeit über diese Leistungen mit der Pflegekasse abgerechnet wird, kostet eine Stunde 60€ und entsprechend jede Minute Gespräch einen Euro.

Herr D. ist nicht zu stoppen. Er hat unter anderem eine Theorie darüber, welche muslimischen Frauen sich für und welche sich gegen ein Kopftuchverbot aussprechen, eine Theorie, die völlig abstrus und rassistisch, aber vor allem dermaßen frauenverachtend ist, dass er mich an einer Stelle sogar warnt, es würde jetzt *derbe* werden. Der Rassismus und Sexismus älterer Menschen ist selten offen hasserfüllt gegen Individuen, aber von strukturellen und stereotypen

Mustern durchtränkt. Ich widerspreche ihm bei völlig offensichtlichen Falschaussagen, aber weiß auch, dass ich bei allem anderen keine Chance habe, weil ich 84 Jahren Nicht-Hinterfragen der eigenen Position gegenüberstehe. Er passt seine Themen vermutlich an, je nachdem, wen er vor sich zu haben glaubt. Und dementsprechend bin ich: eine junge Frau. In andere Schubladen kann er mich nicht stecken, ich trage keinen für alte *weiße* Münder schwer auszusprechenden Namen und kein Zeichen einer Religionszugehörigkeit. Das Thema ist also gesetzt: Herr D. wundert sich zum Beispiel darüber, dass die Frauen bei der Hochzeit ja jetzt plötzlich nicht mehr den Nachnamen des Mannes annehmen wollen. *Fräulein* möchten sie auch nicht mehr genannt werden, das verstehe er nicht, bei den Männern bliebe ja auch alles gleich, der *Junggeselle* wäre früher schon so genannt worden und würde es heute auch noch. Ich werfe kurz ein, dass ich auch protestieren würde, wenn mich jemand mit Fräulein ansprechen würde; aber die längere Erklärung, dass ein Mann nicht schon in der Anrede auf seine Verfügbarkeit auf dem Heiratsmarkt reduziert wird und dass sich eine Frau dagegen mit der Hochzeit wortwörtlich aus ihrer Familie, die sie zwanzig Jahre oder länger beherbergt hat, heraus- und in eine andere Familie hineinschreibt, dass sie immerhin die Hälfte ihres

Namens aufgibt – wo doch der Name das Merkmal ist, über das sie zuerst identifiziert wird, mit dem sie allen anderen Menschen zuerst entgegentritt –, um einen anderen Namen anzunehmen, der auch für alle Außenstehenden sichtbar beziehungsweise hörbar ihre neue Position und Nicht-Mehr-Verfügbarkeit auf dem Heiratsmarkt anzeigt – diese längere Erklärung spare ich mir.

Nachdem fast die Hälfte meiner Zeit vorbei ist, unterbreche ich ihn mit dem Hinweis, dass ich jetzt auch mal anfangen müsse mit dem Arbeiten. Er wankt von einem Bein auf das andere in das Wohnzimmer und ich beginne, die Schlafnische zu saugen. Die Möbel und die Fotos an den Wänden erzählen von einem gutbürgerlichen, genormten, gemeinsamen Leben, das viele Jahre in denselben Bahnen verlief, bis der Tod von Frau D. es beendete. Herr D. nahm alle Erinnerungen mit und baute sie in der neuen Wohnung wieder auf. Die Küche ist irgendwie schrullig, am Küchenschrank wurde die Zewa-Abrollvorrichtung fest installiert und in der Ecke der Küchentheke steht eine gläserne Tortenplatte, auf der eine Packung Kinderriegel liegt.

Als ich das Wohnzimmer sauge und somit wieder in Herrn D.s Reichweite bin, nutzt er die Gelegenheit, das Gespräch wieder aufzunehmen. Sein Enkelsohn habe jetzt ein Problem, erzählt er, »Ach ja?« – Ja, er habe ihm seinen eigenen alten BMW geschenkt, der Enkel studiere doch in Heidelberg, und jetzt mit dem BMW laufen ihm alle Frauen hinterher, er könne sich gar nicht mehr retten! Und ein schallendes Lachen erfüllt das Wohnzimmer. Er stellt fest, dass ich ja gar keine Kette um den Hals tragen würde, und ich stelle für mich fest, dass mein Körper in meinem Job selten kommentiert wird. Ich sauge weiter und passe auf, in welchem Winkel ich zu ihm stehe, wenn ich mich doch einmal bücken muss.

Unsere Unterhaltung ist eher eine Aneinanderreihung seiner Geschichten als eine Unterhaltung, eigentlich braucht er meine Reaktionen nicht unbedingt, weil sie den Gesprächsverlauf nicht beeinflussen würden. Sie ist auch vielmehr seine als ›unsere‹ Unterhaltung, denn meine Meinung holt er nur zu seinen Putzgerätschaften ein: »Und, wie fin'n Se den Staubsauger? Jut, wa? Als die Nachbarin den mal ausjelieh'n hat, wollt' se den jar nicht wieder herjeben, so stark is der!« – »Jetzt sach'n Se mal: Mög'n Se lieber en Wischer oder en Schrubber? Die meisten Kollejen nehm'n ja lieber en Schrubber!« (Ich hätte einen Wischer bevorzugt.) Ich wische den Flur fertig, wasche dann den Lappen aus und stelle Schrubber und Eimer in die Küche, damit sich Herr D. nach dem Einsatz darum kümmern kann.

Für die letzten fünf Minuten meines Einsatzes setze ich mich noch kurz in den Sessel im Wohnzimmer und höre Herrn D. zu. Ihm brennt noch eine Frage unter den Nägeln, noch etwas, was er *bei uns Frauen* nicht versteht: Warum wir zerrissene Jeans tragen und dann aber bei der Hochzeit ein schönes weißes Kleid anziehen wollen. Ich habe keine Ahnung, worauf er hinauswill, aber das spielt auch keine Rolle. Er habe mal eine Frau gekannt, erzählt er, deren Mann eine tolle Party organisiert und viele andere Männer eingeladen habe, und die Frau wäre extra beim Friseur gewesen und habe sich herausgeputzt und dann wäre der Mann aber krank geworden und die Party habe nicht stattfinden können und die Frau habe sich *so* aufgeregt! »Und wissen Se, warum? Die war nich wej'n ihr'n Mann besorcht, die hat sich uffjerecht, weil se sich umsonst so schick jemacht hat!« Und noch eine Frage an mich *als Frau* hat er: Warum es so eine Katastrophe wäre, wenn zwei Frauen das gleiche Kleid tragen würden, die Männer sehen doch auch alle gleich aus in ihren Anzügen! Ich sage ihm, dass ich ihm das erklären könne, aber das ein zu großes Fass aufmachen würde und dafür die Zeit nicht mehr reiche. Das stimmt zwar, ist aber natürlich auch eine Kapitulation vor der Realität. Ich könnte ihm von den Strukturen erzählen, durch die viele Frauen* gelernt haben, dass die Aufmerksamkeit von Männern eine Währung ist, die das Leben leichter macht. Aber wie soll ich das jemandem erklären, der auf der einen Seite stark in seiner Position gefangen ist und auf der anderen Seite einfach nur ein zuhörendes Gegenüber braucht und gar keine anderen Wünsche an unser Gespräch hat, als nicht in die Stille sprechen zu müssen?

Ich habe schon den roten Ordner in der Hand, um den Einsatz auf dem Leistungsnachweis zu unterschreiben, als mich Herrn D.s Ausführungen tatsächlich noch völlig sprachlos machen. Er erklärt mir ohne mit der Wimper zu zucken, dass er seine Frau geheiratet habe, weil sie ein *komplett intaktes Geschlechtsorgan* gehabt und er nach dem Geschlechtsverkehr mit ihr immer ein paar Tage gebraucht habe, um sich von seinem Tiefenorgasmus wieder zu erholen. Und dann erklärt er mir noch kurz, wie der Ringmuskel an der Vagina funktioniere und was und wo der G-Punkt sei. Und dass früher, als er noch ambitionierter Sportler gewesen sei, *entsaften* völlig in Ordnung gewesen wäre, Geschlechtsverkehr in den entscheidenden Phasen der Saison aber nicht. Ich sage ihm, dass ich jetzt wirklich gehen muss, und stehe auf. Er begleitet mich zur Tür und schließt sie hinter mir.

Ich schreibe diese Geschichte nicht auf, weil sie besonders lustig ist oder weil ich mich mit dem privilegierten Feminismus einer jungen weißen *Frau über einen alten* weißen *Mann stellen möchte. Ich schreibe diese Geschichte auf, weil ich auch durch sie etwas gelernt habe. Nämlich, dass ich es äußerst unangenehm finde, mit älteren Menschen über Sexualität zu sprechen, und ich glaube nicht, dass ich behaupten kann, dass das nur an der Übergriffigkeit und dem Sexismus von Herrn D. liegt. Auch ein ehrliches Bekenntnis, dass ihm einfach der Sex mit seiner Frau fehlt, hätte mich überfordert.*

Als ich die Treppe herunterlaufe, kann ich nicht fassen, dass dieses Gespräch gerade stattgefunden hat.

Frau H.

Es ist Freitag und Frau H. ist die erste Patientin in meinem Spätdienst. Ich nehme den Aufzug in den dritten Stock, es ist einer dieser alten Aufzüge, die in vielen Häusern aus den 1950er-Jahren in Berlin verbaut sind, bei denen man händisch die Tür öffnen muss. An der Wohnungstür erwartet mich Frau H., sie hat keinerlei Probleme, meinen Namen zu erinnern, obwohl mein letzter Einsatz bei ihr schon mehrere Monate zurückliegt. Sie sitzt in einem Rollstuhl, weil sie wegen etlicher kleinerer Stürze ihren Beinen nicht mehr vertraut.

Ich folge ihr ins Wohnzimmer. Sie wünscht sich, *abgeseift* zu werden. Auf meinem Plan stehen außerdem eine Wohnungsreinigung und ein Einkauf, aber ihr genügt die Körperpflege. Sie steht aus dem Rollstuhl auf, ich ziehe ihre Kleidung aus und sie sagt: »Leg meine Dschallabija direkt in die Wäsche, da in der kleinen Kammer bei der Küche!« Sie trägt immer diese locker sitzenden Gewänder und, als ich wieder im Wohnzimmer bin, sage ich zu ihr: »Du hast das arabische Wort genutzt, *Dschallabija*.« Frau H. ist eine der wenigen Patient*innen, die ich duze. Sie möchte es so, aber es kostete mich am Anfang große Überwindung. Das »Du« überbrückt gute 50 Jahre Altersunterschied und auch einen Teil der professionellen Distanz, die ich wahren möchte. Sie ist überrascht und ich erzähle ihr, wieso ich das Wort kenne. Sie freut sich fast wie ein Kind und testet mein Wissen: »Na, was heißt Tomate?« – keine Ahnung – »Und Kartoffel?« – das ist einfach, hier hat nur die deutsche Sprache einen gesonderten Weg eingeschlagen, die arabische Wurzel hat sich an die romanische angelehnt. »Hast du Arabisch von deinem Mann gelernt?«, frage ich sie. Sie bejaht und erzählt, dass sie mit den Nichten und Neffen gespielt und von den Frauen der Familie Wörter und Ausdrücke gelernt hat, als sie *unten* waren. Ich frage sie, wo ihr Mann noch mal genau herkam. »Aus Palästina« – und plötzlich sitzt der Nahostkrieg mit uns im Wohnzimmer.

Es ist Anfang Dezember und am Vortag hat die israelische Armee ihre Offensive auf Chan Yunis ausgeweitet. Frau H. ist sehr gut informiert, jeden Abend läuft die Tagesschau, aber sie erhält auch familiäre Nachrichten, durch die Verwandten, die in Deutschland leben. Es sind niederschmetternde Neuigkeiten, die sie mir erzählt.

In einem Film gäbe es jetzt einen Schnitt, eine kurze Pause, genau lang genug, um die Anspannung mit in die nächste Szene zu tragen, aber ohne den Übergang ausbuchstabieren zu müssen. Zwischen Wohnzimmer und Bad gibt es das nicht, wir müssen den Übergang selbst finden.

Das Wasser soll schön warm sein, aber nicht zu heiß und der poröse Stopfen im Waschbecken lässt das Wasser schnell wieder abfließen. Für die Körperpflege sitzt Frau H. mitten im Badezimmer auf einem Hocker, der Transfer vom Rollstuhl dorthin klappt mithilfe der Haltestange an der Wand ganz gut. Besser wäre eine ebenerdige Dusche, aber der Umbau wäre kostspielig oder mit aufwändigen Anträgen bei der Krankenkasse verbunden – sie ist der Meinung, dass sich das nicht mehr lohne. Ich wasche sie mit dem Waschlappen. Der helle ist für *Obenrum*, der dunkle für *Untenrum*, die gleiche Aufteilung gilt für die Handtücher. Sie beklagt sich, dass alles an ihrem Körper hängt, und ich versichere ihr, dass das nicht weiter schlimm ist: »Wir sind ja unter uns.« Sie lächelt verschmitzt, von einem Mann würde sie sich niemals waschen lassen. Die Stellen, an denen Haut auf Haut liegt, sind auf Dauer trotzdem problematisch, weil sie anfällig für Hautpilz oder wunde Stellen sind, deswegen creme ich sie vorsichtshalber ein. Auf ihrem

Oberschenkel ist ein seltsamer Ausschlag, aber sie sagt, dass das nur Pickel seien. Ihr Hausarzt hat keine Zeit für Hausbesuche und selbst hingehen kann sie nicht. Der Aufzug in ihrem Haus fährt nur ins Hochparterre, so wie viele dieser alten Aufzüge in den Häusern, in denen die alten Menschen schon seit Jahrzehnten leben. Die fünf oder sechs Stufen, die dann noch bis zur Eingangstür fehlen, werden zur unüberwindbaren Hürde für sie. Und selbst wenn jemand käme, um Frau H. bei der Treppe zu helfen, den Rollstuhl zusammenfalten und nach unten tragen würde, wieder zurückkommen und sie bei jeder Stufe stützen würde, selbst dann hätte sie zu große Sorge, dass der Fahrstuhl genau an dem Tag streikt, an dem sie ihn braucht. Im Frühling oder Sommer könnte sie sich die Zeit vertreiben, säße vielleicht einfach im Rollstuhl auf dem Gehsteig und beobachte die Menschen, aber jetzt stünde sie draußen im Kalten und hätte keine Chance, wieder in ihre Wohnung zu kommen. Die Tatsache, dass ich ihr bei meinem letzten Besuch die Nummer des Aufzugsnotdienstes in ihr Handy gespeichert habe, kann gegen diese Angst nichts ausrichten. Also bedeutet das für Frau H. noch einen ganzen Winter in der eigenen Wohnung.

Wir sind wieder zurück im Wohnzimmer und Frau H. erzählt mir noch von den Reisen nach Palästina mit ihrem Mann. Erst nach Jordanien und von da aus weiter, es sei eine umständliche Reise gewesen. Aber noch umständlicher sei das Zurückkommen gewesen: Nachdem sie aus der DDR in ein Drittland eingereist war, dann aber über West-Berlin zurückreisen musste, habe sie nicht ohne Weiteres wieder in den Osten gekonnt. Das Angebot der Stasi, gegen Mitarbeit wieder in die DDR einreisen zu dürfen, habe sie damals abgelehnt, sie habe es sich nicht mit beiden Deutschlands verscherzen wollen. Schwierig seien dadurch jedoch die Treffen mit ihrer Tochter geworden. Sie selbst im Westen, die Tochter im Osten der Stadt – um sich zu sehen, haben beide nach Prag reisen müssen. Ich komme bei der Erzählung nicht ganz mit, mein Geschichtswissen ist nicht präzise genug, um die Hindernisse der verschiedenen Auslandsreisen auf Anhieb zu verstehen. Aber ich höre zu und merke, dass Frau H.s Stimme brüchig wird, sobald sie ihre Tochter erwähnt. Sie hatte ihre Mutter gepflegt, bis sie vor wenigen Jahren bei einem Autounfall starb. Frau H. ist völlig allein mit diesem Schmerz und er überwältigt sie immer wieder. Es ist ein Schock, der in psychotherapeutischer Behandlung aufgearbeitet werden müsste, statt ab und an mit meinen Kolleg*innen oder mir geteilt zu werden. Aber wenn der Allgemeinarzt schon keine Hausbesuche macht, wie soll man eine*n ambulante*n Therapeut*in finden, am besten auf Geriatrie, also auf ältere Menschen spezialisiert?

Meine Zeit ist vorbei, obwohl ich Frau H. gerne noch ausgefragt hätte, wie das genau war in West-Berlin. Ich nehme mir die Akte aus dem Schrank und notiere im Pflegebericht den Ausschlag am Oberschenkel, wohlwissend, dass ihn sich niemand anschauen wird. *Das ist eure Absicherung*, sagt mein Chef immer. Gesehen, registriert – aufgeschrieben, dass es da ist, aber ändern wird sich dadurch nichts.

»Hat mich gefreut, dass wir uns mal wieder gesehen haben, bis zum nächsten Mal!«

Frau T.

Manche Geschichten schreibe ich einfach nicht. Ich weiß, dass ich sie schreiben will, und weiß auch wieso, aber schiebe es trotzdem vor mir her. Ich denke immer wieder daran und mache es dann doch nicht, aber sie gehören auch dazu. Es sind die Geschichten, die mich wütend machen.

Frau T.s Wohnung befindet sich in einem Altbau direkt neben der Panke. Manche Häuser in diesem Viertel der Stadt sind moderne quadratische Betonkomplexe mit großen Fenstern, von denen aus man sicherlich einen schönen Blick auf den kleinen Fluss hat. Aber die Eigentümer des Hauses, in dem Frau T. eine winzige Erdgeschosswohnung mietet, scheinen kein Interesse daran zu haben, mehr aus dieser profitablen Lage herauszuholen. Die Fassade ist schmutzig und, wenn es regnet, bilden sich dunkle Wasserflecken am Putz.

Ich drücke auf die Klingel von Frau T. und warte. Es

dauert. Der Moment kommt, in dem ich hoffe, dass sie nicht öffnet. Ab da zähle ich bis zehn, wenn jemand bis dahin nicht aufgemacht hat, muss ich mir überlegen, was ich machen kann: Bei Menschen, von denen ich weiß, dass sie nicht mehr selbstständig ihre Wohnung verlassen können, rufe ich erst meinen Chef im Büro an und notfalls die Feuerwehr. Bei allen anderen würde ich noch mal klingeln – nur um sicherzugehen –, die Person anrufen, noch mal klingeln und dann wieder wegfahren. Doch die Tür summt, bevor ich das zweite Mal klingele. Shit. Ok.

Vor der Wohnungstür kann ich schon hören, wie Frau T.s Kater am Holz kratzt und Frau T. versucht, ihn wegzuscheuchen: »Charlie, weg da!« Sie öffnet mir die Tür und der Kater faucht mich an. Auch wenn es nichts bringt, rede ich beruhigend – »Ja, ist ja gut, alles gut!« – auf ihn ein. Der Kater ist der Mittelsmann zwischen Frau T. und mir, ich rede mit dem Kater, sie schimpft mit ihm, und so müssen wir nicht miteinander sprechen. Natürlich frage ich sie trotzdem, wie es ihr geht, wenn ich ihre Wohnung betrete. »Geht so, wie immer«, ist die Antwort, wie immer. Schön finde ich es, wenn mich die Patient*innen zurückfragen, wie es mir geht, aber das passiert nicht oft. Frau T. trägt nur einen Bademantel, darunter schauen die dürren Beine hervor, mit den Füßen, bei denen sich die einzelnen Zehen schon übereinander geschoben haben. Sie setzt sich wieder auf ihr Sofa.

In den drei Jahren, die ich sie kenne, habe ich noch nicht herausgefunden, welche Erkrankung sie eigentlich hat. In ihrer Akte steht nur das, was ich auch von außen sehe: eine Frau zwischen vierzig und fünfzig, allein, sehr dünn für ihr Alter, lange und leicht verfilzte Haare. Sie wirkt, als könne sie nicht gut akzeptieren, dass sich ihre Schönheit mit zunehmendem Alter verändert hat, und als wäre sie bei dem Versuch, sie mit Diäten festzuhalten, bitter geworden. Charlie ist das Gegenteil, fett, glänzendes graues Fell, ein selbstsüchtiger kleiner Kater, der aggressiv sein Revier verteidigt.

Ich frage, was es zu tun gibt – »Wie immer«, alles klar. 84 Minuten Wohnungsreinigung. Offiziell stehen auf dem Plan auch neun *Betreuungseinheiten* á sechs Minuten, aber nach vielen erfolglosen Versuchen, ein Gespräch zu führen oder gar einen Spaziergang mit ihr zu machen, habe ich das irgendwann aufgegeben. »Der Staubsauger ist immer noch kaputt?« – »Ja, den hat ja einer von euch kaputt gemacht!« Ich versuche, ihr noch einmal zu erklären, dass sich an dieser Situation nie etwas ändern wird, so lange sie nicht sagen kann, wer das war, da sonst unsere Versicherung nicht greift. Na gut, also nehme ich den Besen. Ich fange an, der Fernseher läuft, irgendwelche Teenie-Schwangerschaften, Intrigen, Versicherungsbetrügereien, die bei Barbara Salesch verhandelt werden. Frau T. versucht, Charlie bei sich zu halten, weil der Kater ausflippt, sobald er einen Besen sieht. In dem Haufen Kehricht entdecke ich ein kleines Krabbeltier und ekele mich. In einer anderen Ecke scheuche ich eine Riesenspinne auf und kann nicht verbergen, dass ich mich erschrecke. Den großen Teppich mit dem Besen zu bearbeiten, ist mühsam und so gut wie sinnlos. Dennoch wird der zusammengekehrte Haufen langsam größer und die Käfer darin immer mehr. Ich habe panische Angst vor Bettwanzen und googele schnell, wie die noch mal aussehen. Nachdem ich den fünften Käfer mit der Schippe zerteilt habe, kehre ich ihn auf ein Blatt Papier und zeige ihn Frau T., sie ist unbeeindruckt. Danach will ich noch den Boden wischen, der Eimer und der Wischer stehen auf der Terrasse, doch statt des Bezugs ist da ein normales Handtuch. Der Lappen sei zerrissen, ich solle doch mit dem Handtuch den Boden wischen, »die anderen machen das auch«.

Diesen Wunsch verweigere ich ihr. Die Käfer, die Spinne, der fehlende Staubsauger, Charlies Aggressivität und Barbara Salesch auf voller Lautstärke waren genug, ich werde nicht mit einem um den Wischer geschlungenen Handtuch versuchen, den nur besenreinen Boden von den hunderten kurzen grauen Katzenhaaren zu befreien. Das sage ich ihr, und spüre zugleich auch ein schlechtes Gewissen, weil ich gerade strategisch handele. Frau T. hat die Verantwortung für den Zustand ihrer Wohnung komplett meinen Kolleg*innen und mir übergeben und damit stoße ich an die Grenze von dem, was ich bereit bin zu leisten. Ich könnte weiter putzen, sehe es aber nicht ein, diese Überantwortung fortzuführen. Ich vertreibe noch ein bisschen Zeit damit, das Geschirr zu spülen und die Wäsche abzuhängen. Immer noch mit Handschuhen, weil ich mich vor den ganzen Katzenhaaren ekele, die auch noch an der frisch gewaschenen Wäsche hängen. Ich bereite so langsam das Ende des Einsatzes vor, die Zeit ist zwar noch nicht vorbei, aber das ist mir in diesem Moment egal. Ich streiche die Betreuungseinheiten und damit geht die Rechnung wieder auf.

»Gibt es sonst noch etwas zu tun?« – ich weiß, dass diese Frage eher dazu führt, dass die Gefragten *Nein* sagen, als die Formulierung: »Was gibt es sonst noch zu tun?«

Ich ziehe meine Jacke an, unterschreibe in der Akte, nehme mir meinen Rucksack und verabschiede mich. Frau T. steht nicht auf. Statt *Danke* oder *Tschüss* ruft sie mir hinterher, dass ich das Licht wieder ausmachen soll. Als ich die Tür geschlossen habe, schüttele ich mich einmal und hoffe, nicht so bald wieder herkommen zu müssen.

Familie R.

Ich arbeite seit ungefähr dreieinhalb Jahren als ungelernte Pflegekraft in der ambulanten Versorgung. Ich schätze, dass ich in dieser Zeit um die einhundert verschiedenen Wohnungen betreten habe, in ihren Badezimmern die Menschen geduscht, ihre Wohnzimmer geputzt und in ihren Küchen die Einkäufe verstaut habe. Es gibt stille, unbewegliche Wohnungen und die, die ein Eigenleben zu haben scheinen. Die stillen wiederum kann man unterteilen in die ordentlichen, in denen jedes Ding seinen Platz hat und dort auch bleibt, die leeren Wohnungen, die ähnlich gemütlich und sauber sind wie U-Bahnstationen, und die anderen: Das sind Wohnungen, in denen sich Laufwege schlängeln zwischen all den Sachen, die sich seit Jahren stapeln, einstauben, in Tüten gestopft und nie weggeräumt wurden, bis diese Mülltüten ganze Räume in Beschlag nehmen und nie wieder angefasst werden. Es gibt Dreizimmerwohnungen, in denen man sich effektiv auf 15m² bewegen kann.

Die Wohnungen wiederum, die ein Eigenleben haben, sind ständig in Bewegung, immer wieder türmen sich neue Dinge aufeinander, die Speisekammern sind mit Vorräten für ein Jahr gefüllt und jedes Mal sieht das Chaos anders aus.

Ob die Wohnung still oder in Aufruhr ist, sagt noch nichts über die Bewohner*innen aus. Ich habe Messies kennengelernt, die pathologisch horten oder sammeln, und Menschen, die sich irgendwann in ihrer Überforderung eingerichtet haben.

Zu Beginn bin ich gerne zu Familie R. gegangen, die Einsätze liefen zwar nicht reibungslos ab, aber waren immer warm und lustig. Bei meinem dritten Besuch kam es allerdings zu einem Bruch. Herr R. ist halbseitig gelähmt, das linke Bein und der linke Arm hängen schlaff an seinem Körper. Das Duschen funktionierte bei den ersten beiden Besuchen irgendwie, beim dritten nicht. Vielleicht hatte er einen schlechten Tag, oder ich, oder wir beide. Er wusste nicht, wie er aufstehen, und ich nicht, wie ich ihm dabei helfen soll. Nach ein paar gescheiterten Anläufen traute ich mir den Transfer in die Badewanne nicht mehr zu und wusch ihn auf dem Rollstuhl, und benutzte dabei das falsche Duschgel. Danach wurde ich zur Haushaltshilfe degradiert, Herr R. lehnt seitdem die Körperpflege ab.

Es ist kurz nach Weihnachten, Frau R. öffnet mir die Tür. Sie ist herzlich und fragt immer auch, wie es mir geht. Die Feiertage seien anstrengend für sie gewesen, erzählt sie mir, die Töchter mit ihren Familien seien da, die Wohnung sei voll gewesen. Ihr Körper ist gezeichnet von harter Arbeit und drei Kindern, er wankt beim Laufen von der einen zur anderen Seite, sie japst nach Luft und springt doch immer wieder auf, auch wenn ich sie bitte, einfach mal sitzen zu bleiben und ein Glas Wasser zu trinken. Sie wirkt wie eine Frau, die von nichts aus der Bahn geworfen werden kann, weil sie alles schon erlebt hat. Sie fügt sich dem Patriarchen auf der Couch, herrscht ihn aber auch an und lacht darüber, wenn sie glaubt, dass seine Sturheit eigentlich Angst ist. Wenn ich einkaufen gehen soll und sie ihn fragt, was auf der Einkaufsliste fehle, gibt er zurück: »Du bist die Hausfrau!«, und sie akzeptiert es.

Ich gehe ins Wohnzimmer und begrüße Herrn R., der auf seinem Smartphone herumtippt. Für ihn war Weihnachten schön, weil die Kinder da waren. Ich frage ihn, ob wir duschen wollen, er lehnt ab, hält mir die Duschgel-Geschichte vor, die mittlerweile ein paar Wochen zurückliegt, aber er behauptet, er habe tagelang gerochen wie eine Frau. Stattdessen beauftragt er mich, den Küchenboden zu putzen. Frau R. meckert mit ihm, es ist ein lautes und schnelles Russisch, in dem sie argumentiert, aber es ist vergebens. Sie zeigt mir den Staubsauger in einem hinter einem Schrank versteckten Teil des Flures, dahinter gibt es noch ein Zimmer, das ich bis jetzt noch nicht wahrgenommen hatte. Ich spähe kurz hinein, es ist eines dieser unbenutzten und mittlerweile unbetretbar gewordenen Zimmer, in dem sich vergessene Dinge stapeln.

Ich fange an zu saugen und will die Reinigung gründlich machen, damit Herr R. mich wieder für kompetent hält. Ich lese Müll vom Boden auf, wundere mich über den Werkzeugkasten auf dem Küchenboden, sauge klackernd alles Mögliche vom Linoleum ein, das sich in den Ecken ablöst und nach oben wellt. Auf der Küchentheke steht eine riesige Schale, noch fast komplett voll mit Schichtsalat mit Hering und Mayonnaise, daneben angebissene Brötchenhälften, Schalen voll klein geschnittenen Kräutern und geschälten Kartoffeln. Vor drei Tagen war das schön angerichtet. Als die Kinder satt waren, sind sie gegangen und haben die Eltern und deren Wohnung sich selbst überlassen. Ich schrubbe die klebrigen Flecken vom Boden und sehe, dass der Werkzeugkasten in Wahrheit ein Sandwichtoaster ist. Fliegen schwirren umher, die Wohnung lebt. Im Wohnzimmer steht in jeder Nische irgendetwas, Süßigkeitenverpackungen und Reste von Geschenkbändern entsorge ich im Müll, damit sie nicht den Staubsauger verstopfen. Der Teppich bäumt sich auf, als ich versuche, ihn abzusaugen.

Es ist frustrierend, die Wohnungen mit Eigenleben zu reinigen, weil man am Ende keinen großen Unterschied sieht. Um die Lichtschalter herum sind die Tapeten immer noch bräunlich abgegriffen und die ganzen unnützen Gegenstände finden trotzdem keinen Aufbewahrungsort. Für eine Grundreinigung mit Sperrmülltour reicht die halbe Stunde nicht, die für den großen Wohnungsputz von der Pflegekasse vorgesehen ist.

Als ich alles gesaugt und gewischt habe, schickt mich Frau R. noch zum Einkaufen. Die kleine Speisekammer, in der der Trolley hoch oben an der Wand hängt, riecht wie ein Gewürzladen. Frau R., die mich »mein Schatz« nennt, wenn sie mich um etwas bittet, gibt mir noch eine Plastiktüte mit Pfandflaschen mit. Als ich vor Penny nach meinem Einkaufschip krame, streiten sich ein Mann und eine Frau mit Bierflaschen in den Händen. Ich suche die Einkäufe zusammen und gebe die Pfandflaschen ab. Unten in der Tüte liegen eingetrocknete Scheiben Cervelatwurst, die da wohl irgendwann mal reingefallen sind. Zurück bei

Familie R. packe ich die Einkäufe in der Küche aus und rechne das Restgeld mit Frau R. ab. Sie ist gerade in einem Videoanruf mit dem Schwiegersohn, ich winke etwas gequält in die Kamera, als sie mir das Telefon hinhält. Er ist gerade bei Kaufland und ich möchte ihn bitten, das zu besorgen, was ich bei Penny nicht bekommen habe, aber da ist der Anruf schon beendet.

Mein nächster Besuch bei Familie R. ist schon zwei Tage später und ich stelle mich auf das gleiche Spiel ein. Ich biete Herrn R. wieder die Körperpflege an, er lehnt ab und sagt, ich sei zu schwach und er zu schwer. Sie diskutieren auf Russisch und plötzlich will er es doch versuchen. Ich gehe zu meinem Rucksack, hole mir Handschuhe, einen Einmalkittel sowie Überziehschuhe heraus und bin etwas nervös. Das Aufstehen vom Sofa klappt mit Frau R.s Hilfe gut, er balanciert auf dem gesunden Bein, dreht sich und lässt sich in den Rollstuhl fallen. Meinen Vorschlag, Schuhe anzuziehen, um einen festeren Stand zu haben, findet er nicht gut, aber lässt sich trotzdem darauf ein. Wir fahren ins Badezimmer, in dem die einzigen behindertengerechten Anpassungen aus einer kleinen Plastikrampe vor der Türschwelle und einem Badewannensitz bestehen. Die Badewanne hat einen kniehohen Rand und der Transfer ist mir zu heikel. Ich setze ihn auf einen Plastikhocker und so wird das ganze Badezimmer zur ebenerdigen Dusche. Herr R. nimmt den Duschkopf selbst in die gesunde Hand und duscht sich ab. Er achtet nicht darauf, wohin der Strahl geht, der Badezimmerboden steht unter Wasser und ich in nassen Schuhen. Er fragt mich, ob ich heute noch andere Patient*innen besuche, und ich antworte, dass ich nach ihm Feierabend habe. »Gut, dann haben wir ja Zeit!«, sagt er und ich muss laut lachen. Er kratzt sich, bis ich Blut an seinen Fingern sehe und ihn stoppe. Herr R. bestimmt, wo es langgeht: fester schrubben – »Ich bin ein Mann!« –, mehr Duschgel – »Bist du geizig oder was?« –, wärmer, kälter, Wasser an, Wasser aus. Beim ersten Mal, als ich ihn in der Badewanne geduscht habe, bin ich selbst ausgerutscht und fast auf ihn gefallen. Da hat er mich gefragt, ob ich zu ihm in die Wanne kommen wolle. Ich nehme diese Sprüche mit Humor. Ich kann besser mit der schalkhaften, chauvinistischen und besserwisserischen Seite von ihm umgehen als mit der abweisenden und selbstgerechten.

Ich trockne ihn ab und ziehe ihm ein frisches T-Shirt an. Frau R. kommt mit dem Rollstuhl und gemeinsam setzen wir ihren Mann hinein. Ich wische den See im Badezimmer auf und, bis ich zurück im Wohnzimmer bin, sitzt Herr R. mit neuer Hose wieder auf dem Sofa. Wir unterhalten uns noch ein bisschen. Die beiden hoffen, dass im nächsten Jahr alles besser wird und die Steuerung zwischen Herrn R.s Kopf und seiner linken Körperhälfte vielleicht wieder funktionieren wird. Eine Lähmung nach einem Schlaganfall kann wieder verschwinden, aber es ist ein langer und langsamer Prozess. Es muss sich ungerecht anfühlen, wenn andere Menschen um einen selbst herumwuseln, sich bücken und in die Hocke gehen, alle ihre Finger für feinmotorische, alltägliche Aufgaben – wie Socken anziehen – benutzen können und man selbst einfach nur gerne das linke Bein drei Zentimeter anheben möchte, um wieder laufen zu können, aber es funktioniert einfach nicht. Ich frage die beiden, ob sie über einen Umzug in eine kleinere, behindertengerechte Wohnung nachgedacht haben. Doch an der alten Wohnung hängen viele Erinnerungen, Herr R. erzählt, wie glücklich sie früher in ihrem Zuhause gewesen seien, zu fünft, bis die drei Töchter ausgezogen sind.

Zum Schluss erwähne ich noch, dass ich über Silvester drei Tage frei habe. Frau R. lädt mich kurzentschlossen zu ihnen ein, aber Herr R. ist entsetzt, dass ich nicht zu meinen Eltern fahre. Ich lache und sage, dass sie weit weg wohnen und ich doch über Weihnachten dort gewesen sei, aber das ist für den alternden Patriarchen kein überzeugender Grund.

Ich verabschiede mich und der Stolz über unseren

Erfolg beim Duschen hält noch an, als ich mir zu Hause die nassen Socken ausziehe.

Frau E.

Frau E. steht etwas verloren in ihrer eigenen Wohnung, als ich die fünf Stufen zum Hochparterre hinauflaufe. Ich weiß, dass sie sich immer sehr freut, wenn ich zu ihr komme, auch wenn es eine etwas schüchterne Freude ist, als würden wir uns nicht auf Augenhöhe begegnen.

Ich stelle meine Sachen im Flur ab, in der Regel brauche ich bei ihr keine Handschuhe und auch meine Haare müsste ich nicht zusammenbinden, mache es aber aus reiner Gewohnheit. Mit offenen Haaren bin ich ich, mit zusammengebundenen bin ich eine Pflegekraft.

Sie bietet mir etwas zu trinken an, ich brauche nichts und frage sie, wie es ihr geht. Zu Frau E. komme ich zum Reden. Zum Zuhören. Und zum Fragen. 60 Minuten dauert mein Einsatz, einmal alle zwei Wochen. Ich war die erste Person, die sie aus meinem Pflegedienst kennengelernt hat, und auch sie war mein erster *Ersteinsatz*. Danach wurde ich einige Monate nicht bei ihr eingeteilt, seit Sommer sehe ich sie aber wieder regelmäßig. Ich setze mich auf die eine Seite der Couch, sie sich auf die andere und dann beginnt das Gespräch. Sie ist im Alter meiner Mutter und durch diesen Vergleich wird mir umso bewusster, wie angegriffen ihre Gesundheit ist. Nach einer überstandenen Krebserkrankung fehlt ihr die rechte Brust und der Diabetes hat ihre Füße geöffnet, sodass sie nur noch auf den äußeren Rändern läuft. Sie redet viel, es ist nicht besonders schwierig, ein Gespräch mit ihr zu führen. Es fühlt sich an, als wäre alles unheimlich festgefahren, eine Problematik führt zur nächsten, führt zur nächsten, führt zur nächsten.

Eine Abtreibung hat schon in ihren Zwanzigern den Kontakt zu den streng katholischen Eltern abbrechen lassen, Erbstreitigkeiten dann auch den zu ihrer Schwester, die nicht nur ihre engste Vertraute, sondern auch ihre finanzielle Stütze war. Ihr Klavierstudium beendete sie nach einem Dutzend Semestern ohne Abschluss, versuchte sich als freie Künstlerin, gab dann den Kindern wohlhabender Familien Klavierunterricht, und als die Sprösslinge das Interesse verloren hatten, begann sie bei den Eltern zu putzen. Die Bezahlung: immer mickrig, immer unter der Hand. Die Rente heute: nicht vorhanden. Alle Wege, an Geld zu kommen, scheinen schon ausgelotet, die Grundsicherung kann das Grundsätzliche nicht sichern. Alles ist auf Kante genäht, Frau E. läuft immer knapp an ihr entlang, balanciert auf ihr wie auf den Kanten ihrer Füße. Den Pflegegrad wollte sie, um mit dem Pflegegeld ihre Leasingraten für den überdachten Roller querzufinanzieren. Den Roller braucht sie, um zu ihren Putzjobs fahren zu können. Die Putzjobs braucht sie, um die Tierarztkosten bezahlen zu können. Ihre Tiere braucht sie, um nicht so einsam zu sein. Die Energie, die die Tiere sie kosten, fehlt ihr, um sich mit ihrem *Scheißding*, ihrem Smartphone, auseinanderzusetzen, um herauszufinden, wie denn alles auch anders funktionieren könnte. Wie man ohne Roller durch die Stadt käme, wie man bei Rewe bestellt, um nicht alles schleppen zu müssen, wie man einen Arzttermin online vereinbart, um nicht immer wieder in der Warteschleife zu hängen. Wir reden, ich versuche Vorschläge zu machen, Beratungsmöglichkeiten aufzuzeigen, Auswege zu finden, ihr klarzumachen, dass sie sich – obwohl sie ganz allein ist – in Abhängigkeiten befindet: abhängig vom Wohlwollen ihrer Arbeitgeber*innen, vom Nicht-Entdeckt-Werden durch das Finanzamt, von der Verwaltungsbehörde, die ihr eigentlich wegen ihrer erkrankten Füße den Führerschein entziehen müsste, abhängig vom Roller.

Sie wohnt in einer kleinen Wohnung, in einer Gegend, die in meiner Wahrnehmung schon zum Rand der Stadt gehört und in der nichts ist außer Wohnblocks. Ist das schon Siemensstadt? Die Stadt in der Stadt, die gegründet wurde, um der arbeitenden Klasse einen netten, der Erholung dienlichen Wohnort anzubieten, um sie leistungsfähiger für die Produktion zu machen? Ich weiß es nicht genau. Mittlerweile wohnen hier Menschen, die man eher hinter den Vorhängen, als auf der Straße sieht. Vielleicht auch Menschen, für die der Fernseher der relevantere Zugang zur Welt ist als das Selber-Sehen. Frau E. gehört zu diesen Menschen, zu den »Abgehängten« der Gesellschaft, zu denen, die man vergessen hat.

Mal erzählte sie mir, dass sie in einer Doku gesehen habe, dass die Lebensmittelindustrie uns alle absichtlich krank mache und dass sie fast vom Glauben abgefallen wäre, als sie das gehört habe. Mal ging es um ihre Vermutung, dass der Fernseher und der Computer und möglicherweise noch andere elektrische Geräte in der Wohnung zuhören, weil ihr aufgefallen sei, dass sie plötzlich Werbung von Dingen sehe, über die sie kurz davor gesprochen habe. Ich nehme ihre Aussagen ernst und erkläre ihr meine Meinung. Sie ist interessiert und offen und wahrscheinlich manchmal erstaunt. Dadurch, dass wir uns während der Einsätze hauptsächlich unterhalten, erfahre ich nach und nach immer mehr über sie und ihre Einstellung.

In Berlin ist mal wieder Wiederholungswahl und auf dem Weg zu ihr bin ich an einigen Wahlplakaten vorbeigefahren. Ich fürchte, dass sie (wenn sie denn überhaupt wählen geht) möglicherweise die Partei wählt, in deren Programm sie sich eine Alternative für ihr Leben hineinfantasieren kann. Ich glaube nicht, dass sie ein politisch wütender Mensch ist, aber das Gefühl, abgehängt zu sein, selbst nie etwas Gutes abzubekommen, während sich die anderen im Lebensglück baden können, und das wenige, das man hat, bedroht zu sehen; dieses Gefühl ist sehr präsent. Wenn ihre Ängste rassistisch aufgeladen sind, widerspreche ich ihr entschieden, aber was soll ich diesem diffusen Gefühl, vergessen worden zu sein, entgegensetzen? Ich kann nicht in einer Stunde alle zwei Wochen ein Selbstwertgefühl aufbauen, das in sechzig Lebensjahren zugrunde gerichtet wurde.

Im Grunde genommen gibt sie mir etwas, das ich in Gedanken »Schwiegermutter-Vibes« nenne. Sie, als die alternde Schwiegermutter, ist verunsichert und schon ein wenig *lost* in der Welt und hat auf schmerzliche Weise die Bindung zu ihrem Sohn verloren. Nun komme ich, die Schwiegertochter, und werde zur Projektionsfläche für die Hoffnung, diese Beziehung wiederherzustellen. Nur gibt es in dieser Konstellation keinen verloren gegangenen Sohn, sondern nur die abhandengekommene Zufriedenheit in ihrem Leben, den Frust, die Überforderung, das Putzengehen. Das ist Küchenpsychologie, aber besser kann ich es nicht. Ich bin keine Therapeutin, auch wenn ich es für Frau E. sein muss.

Mein Einsatz endet wie immer fünf Minuten über der Zeit. Immerhin wirkt Frau E. etwas gefestigter, als ich mich verabschiede. An der Tür sagt sie zu mir: »Wenn Sie da sind und wir uns unterhalten, ist alles viel leichter, aber sobald Sie wieder weg sind, ist es so wahnsinnig schwer.«

Was mir schmeicheln könnte, versetzt mich in Panik.

Herr A.

Auf der Klingelanlage finde ich zweimal den Nachnamen meines neuen Patienten. Die allermeisten Menschen, die ich besuche, wohnen allein. Ich drücke daher auf das Schild, auf dem nicht noch ein zweiter Name steht. Im Erdgeschoss wird eine Wohnungstür geöffnet und ich stelle mich vor. »Sie wollen bestimmt zu meinem Bruder, er wohnt im dritten Stock, aber ich gebe Ihnen einen Schlüssel mit, manchmal hört er die Klingel nicht.«

Ich laufe nach oben und klingele erneut. Mir öffnet ein junger Mann und ich stelle mich auch ihm vor. Herr A. sagt zwar freundlich *Hallo*, aber schließt die Tür gleich wieder. Ich muss einen Moment warten, bis er sie wieder aufmacht und mich reinlässt.

Er wirkt zurückhaltend, aber scheint trotzdem neugierig zu sein. Sein Gesicht ist unsymmetrisch und er geht ein bisschen schief. Er erklärt mir, welche Aufgaben zu erledigen sind: Einmal bitte staubsaugen und wischen, er habe schon alles vorbereitet, Stühle und Mülleimer hochgestellt, sodass der Boden einigermaßen frei sei. Ich habe eine Stunde Zeit und das Gefühl, dass das etwas zu lang sein könnte. Manchmal werde ich skeptisch, wenn ich bei Patient*innen nur die Wohnung reinigen soll.

Er zeigt mir seinen Staubsauger und erklärt, dass das noch ein richtig gutes Teil sei, alt zwar, aber dafür mit *Power*. Ich fange an zu saugen und merke, dass er Recht hat: Der Staubsauger hinterlässt Schneisen der Sauberkeit in dem mit Dreck und Krümeln übersäten Boden, es klackert befriedigend im Rohr. Ich beginne in der Küche, arbeite mich dann durch den Flur.

Als ich in seinem Zimmer angekommen bin, lobt er mich und sagt, dass Frauen das eben doch besser könnten, seine Mutter könne das auch besser als sein Vater. Ich frage ihn, wie es bei ihm aussehe, ob er denn gelernt habe, einen Haushalt zu führen? Ja doch, er wisse, wie man Wäsche nach Farben trennt und welches Material welche Temperatur verträgt, und dann erzählt er eine Anekdote: Sein Vater hätte den Wollschal seiner Mutter mal auf Puppengröße schrumpfen lassen. Aber mittlerweile brauche er selbst leider etwas Unterstützung bei allen Aufgaben, nach seiner Sepsis sei nichts mehr, wie es davor mal war. Ich frage nach und Herr A. fängt an zu erzählen: davon, dass er sich schon als Jugendlicher mit HIV infiziert habe, von seiner Zeit als Salesassistant bei einer einflussreichen Galerie, als er die Sammler*innen der Berliner Kunstszene gekannt und sich vor, während und nach den Vernissagen mit chemischen Drogen aufgeputscht und wieder herunterreguliert habe. Davon, dass die Drogen schnell interessanter für ihn gewesen seien als die Kunst, von den Thrombosen in den Beinen und den nicht verheilenden Wunden. Davon, wie stark das HI-Virus das Immunsystem schwäche und dass dadurch die Blutvergiftung, die Sepsis, überhaupt erst habe entstehen können. Er habe sie bekommen, nachdem er mit offenen Wunden am Bein im Schlachtensee schwimmen gewesen sei.

Herr A. ist ein Mensch, der keinen Filter zu haben scheint: keinen Filter zwischen seinen Gedanken und seinen Worten und keinen zwischen sich selbst und einem fremden Menschen, mir. Ich spüre Irritation und Sympathie.

Wir bewegen uns jetzt fast synchron durch die Wohnung: Ich, rückwärts mit dem Wischer, lotse Herrn A. in die Richtung, in der ich weiter den Boden wischen will. Ich erfahre, dass sein Mitbewohner in der Reparaturabteilung eines Elektrofachgeschäftes angestellt sei und *schwierige Fälle*, die den Kund*innen schon längst erstatten worden seien, manchmal mit nach Hause nähme, um daran weiterzubasteln (das erklärt die vielen Elektrogeräte in der Wohnung – die halbe Stereoanlage in der Küche, den Bildschirm auf der Waschmaschine und verschiedene Receiver und Konsolen auf dem Sideboard). Dass sie zusammen vor wenigen Monaten eingezogen seien – die meisten Kartons stehen noch unangetastet herum –, dass dieser Prozess fast ein Jahr gedauert habe: »Weißt du, weil ich ja so lange im Krankenhaus war, wurde dann meine Wohnung hier aufgelöst und dann musste ich übergangsweise in eine Einrichtung in Niedersachsen ziehen und dann muss man sich erst bei dem Amt dort abmelden, damit dann Berlin wieder zuständig ist«, aber er sei sehr zufrieden jetzt. Auch mit seinem Mitbewohner habe er Glück gehabt, bei WGs der AWO könne man ja mit irgendwem in eine Wohnung gesteckt werden. Und dass sie zufällig eine Wohnung in dem Haus bekommen hätten, in dem sein Bruder wohne, dass sei ja das Allerbeste. Ich wechsele das gräulich gewordene Wasser aus und erfahre, dass er als junger Erwachsener mal einen Sugar Daddy gehabt habe, dessen Geld er – bis die Ehefrau es mitbekommen habe und die Affäre dann schnell vorbei gewesen sei – dessen Geld er bis dahin eben schon in den Coffeeshops in Holland verprasst hatte.

Sein Monolog springt hektisch umher, manchmal

sind die Gedanken schneller als der Mund und er verhaspelt sich, manchmal stottert er, weil der Mund sprechen will, aber die Gedanken noch nicht bei ihm angekommen sind.

Irgendwann höre ich das Klingeln meines Handys. Ich bin fertig mit dem Putzen, aber Herr A. noch nicht fertig mit dem Reden: der glückliche Zufall, wie zwei Ärzte das für ihn passende Medikament gefunden haben, muss noch erzählt werden. Und dass er wahnsinnig froh sei, dass es ihm jetzt wieder besser gehe, wenn er auch nicht mehr alles selbstständig machen könne. Freundlich, aber doch zügig, versuche ich, selbst mal wieder zu Wort zu kommen und mich zu verabschieden. Ich gebe den Schlüssel wieder bei seinem Bruder im Erdgeschoss ab und fahre zur nächsten Patientin.

Gegen Ende der Spätschicht merke ich, dass ich ein wichtiges Formular bei Herrn A. liegengelassen habe. Kurz vor Feierabend fahre ich also noch einmal zu seiner Wohnung und drücke nun auf das richtige Klingelschild. An der Wohnungstür erkläre ich ihm, was ich vergessen habe, und er lässt mich herein. Die ganze Wohnung riecht nach Gras. Sein Mitbewohner steht auch im Flur und möchte mit mir plaudern, dazwischen läuft ihr gemeinsamer Hund herum und will gestreichelt werden. Plötzlich habe ich das Gefühl, dass meine Rolle verschwimmt. Zwei durch das Kiffen zutraulich gewordene junge Männer, die in ihrer chaotischen Bude stehen und sich mit mir unterhalten, als würden wir uns schon seit Jahren kennen: diese Situation fühlt sich nicht nach Arbeit an, sondern nach Vergangenheit.

Ich beeile mich, wieder rauszukommen.

Frau L.

Ich schließe mein Fahrrad im Innenhof an, ich werde bereits beobachtet. Ich laufe zur Wohnungstür im Erdgeschoss und, bevor ich klingeln kann, drückt Frau L. schon auf den Öffner.

Sie wohnt in der sogenannten »Außenstelle«, es ist eine klassische Altbauwohnung, angemietet von einem Verein, der benachteiligte Frauen betreut und ihnen Wohnplätze anbietet. Hier leben Klientinnen, die auch ohne ständige Verfügbarkeit von Sozialarbeiter*innen zurechtkommen.

Frau L. begrüßt mich fröhlich und ich folge ihr in das Zimmer, das sie seit ein paar Jahren bewohnt. Die anderen Mitbewohnerinnen haben in den letzten Jahren immer mal gewechselt, Frau L. ist die Konstante in der WG. »Wie geht es Ihnen? Wir haben uns ja ewig nicht mehr gesehen!« – »Heute ist ein toller Tag, heute haben meine Engelchen Geburtstag!«, sie deutet auf ihre Kaffeetasse. Von dem Fotodruck darauf strahlen mich zwei Kindergesichter an, dazwischen prangen in Comic Sans die Namen und das Geburtsdatum ihrer Neffen. Eingeladen sei sie zum Kindergeburtstag heute leider nicht, aber ihre Schwester habe ihr versprochen, dass sie zumindest morgen mal vorbeikommen werde. Ob sie auch die Zwillinge mitbringen werde, habe sie nicht gesagt. Frau L. schaut mich traurig an, die dicken Brillengläser lassen die Augen noch größer wirken. »Ich kann doch nichts dafür!« – Ich weiß, und ich höre die Tränen, bevor ich sie sehe.

Als Frau L. Mitte Zwanzig war, wurde sie ungeplant schwanger. Das Kind kam still zur Welt, doch seine Stimme war, als es in ihrem Bauch starb, schon in ihren Kopf gewandert. Seitdem spricht es mit ihr und hat sich geteilt, verdoppelt, ist mutiert, hat verschiedene Rollen und Gestalten angenommen. Zwölf unterschiedliche Stimmen hört Frau L., die meisten wollen ihr nichts Gutes. Die Medikamente lassen sie weitestgehend verstummen, doch manchmal quetscht sich eine trotzdem durch den pharmazeutischen Nebel. Die Ruhe im Kopf tauschte Frau L. gegen die Kontrolle über ihren Körper: Der Unterkiefer formt Wörter ohne Ton und ihr linker Arm gestikuliert in der Luft, immer ein bisschen im Abseits.

Ich schlage Frau L. vor, dass wir uns erst mal auf die kleine Terrasse setzen. Mit der kühlen Luft im Gesicht fällt es ihr leichter, sich wieder auf die Gegenwart zu konzentrieren. Sie raucht eine Zigarette und möchte ihren Neffen ein Geburtstagsständchen singen, also stimmen wir gemeinsam zum »Happy Birthday« an. Ich kann nicht singen, aber ihr ist das egal und in ihrer Gegenwart ist es auch mir egal.

»So, was machen wir denn heute?«, frage ich sie. »Kannst du für mich einkaufen gehen?« – ich stimme zu und bitte sie, sich währenddessen zum Duschen vorzubereiten. Frau L.s Sozialarbeiterin hat dafür gesorgt, dass ihr ein hoher Pflegebedarf zuerkannt wird. Deshalb können die Einsätze ohne Hektik stattfinden. Ich habe 93 Minuten Zeit, um eine große Körperpflege und einen Einkauf durchzuführen, und weil Frau L. noch mobil ist und Edeka direkt nebenan, bleibt uns immer auch genug Zeit, die wir flexibel nutzen können. Wir gehen wieder nach drinnen, ich schreibe mit ihr die Einkaufsliste und sie kramt den Rest des Taschengelds hervor, das ihr einmal pro Woche von ihrer Betreuerin ausgezahlt wird. Ich schaue in den Einkaufstrolley und überschlage im Kopf, wie viel Geld ich durch die Pfandflaschen darin zusätzlich zur Verfügung habe. Ich solle mir auch einen Latte Macchiato von Edeka mitbringen, »den von gut&günstig, 99ct!«, damit wir später *Kaffeekränzchen* machen können. Im Supermarkt addiere ich die Preise und merke, dass dafür das Geld leider nicht reichen wird. Als ich zurückkomme, besteht sie dennoch darauf, dass ich die 22 Cent Rückgeld behalte.

Wir gehen in das Gemeinschaftsbad, ich setze mich auf den Klodeckel und sie duscht sich ab. Im Grunde genommen schafft sie das Duschen allein, ich bin nur da, um sie an die Körperpflege zu erinnern und sicherzustellen, dass ihr Kreislauf im Bad nicht plötzlich schlapp macht.

Zurück in ihrem Zimmer drückt sie auf den Knopf ihres CD-Spielers: »Aaaah, look at all the lonely people!« Und sie tanzt im Bademantel vor mir. Dass dabei ihr Mund, ihr Arm und ihr Körper drei unterschiedliche Tänze aufführen, ist unwichtig. Alles andere ist zweitrangig, wenn sie *Pauls* und vor allem *Johns* Stimme hören kann. Frau L. ist überzeugt, dass er im Himmel auf sie wartet, und dann würde auch das mit dem gemeinsamen Kind noch klappen. Nur *Yoko* müsse noch ein Weilchen auf der Erde warten, oder sie fänden dann zu dritt ein Arrangement.

Sie zieht sich an und ich sage: »Frau L., ich hätte noch zwanzig Minuten Zeit, wollen wir noch einen kleinen Spaziergang machen?« Heute willigt sie ein, aber manchmal ist die Scham zu groß. Sie setzt sich in den Rollstuhl und ich schiebe sie nach draußen. Für längere Strecken ist das die sicherste Variante, durch die Medikamente sind die Bewegungen ihrer Beine manchmal ruckartig und schneller als ihr Oberkörper. Als wir im Park sind, entgeht mir nicht, dass einige der uns entgegenkommenden Menschen sehr bewusst an Frau L. vorbeischauen und ihre Augen lieber auf mich heften.

Inhalt

Danke

An Johanna, Annie und Fynn.

An alle anderen Menschen, die zugehört haben, wenn ich diese Geschichten unmittelbar und ungefiltert erzählt habe.

An Wasim, der mich ermutigt hat, meine Erlebnisse aufzuschreiben.

An Carl und Jehona für ihr großes Vertrauen und die unglaubliche Unterstützung beim Editieren, Lektorieren und Publizieren dieser Texte.

Linda Herrmann